KB112909

셰익스피어 희극

일러두기

• 이 책은 William Shakespeare, 『A Midsummer Night's Dream』(Project Gutenberg, 2000), 『The Tempest』(Project Gutenberg, 2007), 『The Merchant of Venice』(Project Gutenberg, 2000)를 참고했습니다.

진형준 교수의 세계문학컬렉션 10

셰익스피어 희극

Shakespeare's Comedy

윌리엄 셰익스피어 지음

살림

세익스피어 초상

영국 화가 존 테일러의 1600년대 작품.

「윌리엄 셰익스피어의 연극들 The Plays of William Shakespeare」

영국 화가 존 길버트의 1849년경 작품. 셰익스피어 작품에 나오는 여러 인물들과 장면들을 모아 그렸다. 위대한 명성과 달리 셰익스피어의 삶에 대한 기록은 거의 남아 있지 않다. 그래서 정확한 출생일, 종교, 생김새, 공적 활동, 사생활 등이 모두 불확실하다. 심지어 셰익스피어는 그가 썼다고 알려진 작품들의 실제 저자가 아니라는 의혹까지 제기되었다. 대학도 못 나온 시골 상인 집안 출신이 그토록 뛰어난 작품을 썼다는 사실을 믿을 수 없었기 때문이다. 그러나 셰익스피어가 활동하던 당시 영국을 다스린 여왕 엘리자베스 1세는 "온 나라를 내주더라도 셰익스피어 한 사람만은 못 내준다"라는 말로 그의 위대함을 극찬했다.

「**런던 전경** London Panorama」

네덜란드 지도 제작자 겸 판화가 클래스 얀스 비셔의 1616년 작품. 셰익스피어가 사망한 해인 1616년의 런던 모습을 파노라마 형태로 묘사했다. 엘리자베스 1세가 다스리던 당시 영국은 스페인 무적함대를 격파하고 유럽 최강국으로 올라섰다. 이에 따라 수도 런던도 유럽 상업의 중심지가 되어, 경제와 문화가 엄청난 활기를 띠었다. 그중에서도 특히 연극 공연이 활짝 꽃을 피웠다. 이런 런던에서 셰익스피어는 20대 후반인 1592년 이미 극작가, 배우, 그리고 로드체임벌린스멘(Lord Chamberlain's Men, 궁내부대신 극단)이라는 극단의 공동 소유주로서 이름을 날리기 시작했다.

「베어 가든과 글로브 극장 The Bear Garden, the Globe Theatre」

셰익스피어와 같은 시대에 활동한 이탈리아 인쇄출판업자 니콜로 미세리니의 작품. 왼쪽의 베어 가든은 곰싸움이나 소싸움 경기장이다. 글로브 극장은 로드체임벌린스멘 극단이 런던 템스 강변에 지어 1599년 가을에 문을 열었다. 이때부터 『햄릿』 『오셀로』 『리어 왕』 등 셰익스피어 작품들 대부분이 이 극장에서 처음 무대에 올랐다. 1613년 6월에 공연 도중 화재가 일어나 불타 없어졌다가 다음해 6월에 다시 지어졌다. 1642년 청교도혁명이 일어나 문을 닫았으며 2년 뒤인 1644년 철거되었다. 현재 극장은 '셰익스피어스 글로브'로 불리는데, 1997년 원래 모습으로 복원한 것이다.

영화 「한여름 밤의 꿈」「템페스트」「베니스의 상인」

1999년 마이클 호프먼이 감독한 「한여름 밤의 꿈」, 2010년 줄리 테이머가 감독한 영화 「템페스트」, 2004년 마이클 래드퍼드가 감독한 「베니스의 상인」 영화 포스터. 셰익스피어의 희곡들은 탁월한 작품성 덕분에 문학은 말할 것도 없고 영화, 뮤지컬, 드라마, 발레 등 여러 분야에서 계속 재창작되어왔다. 나아가 셰익스피어 작품들은 영어 발전에도 영향을 미쳤다. 셰익스피어가 살았던 시대에 영어는 아직 문법이나 규칙이 표준화되지 않았는데, 그의 작품에 나오는 많은 단어나 표현이 사전에 올라가 영어 근대화에 도움을 주었다. 심지어 21세기에도 영향을 주었는데, 예를 들어 최근 유행하는 말인 스웩(swag)은 『한여름 밤의 꿈』과 『헨리 5세』에서 셰익스피어가 처음 사용한 스웨거(swagger)라는 단어에서 유래했다.

셰익스피어 희극 차례

한여름 밤의 꿈

A Midsummer Night's Dream

1

이제부터 여러분에게 여름날 한바탕 꿈속에서 일어난 것 같은 이야기를 들려드릴 거랍니다. 여러분도 재미있는 꿈을 하나 꾸었구나 생각하시면 될 거예요. 아니면 마치 꿈속에서 연극을 한편 본 것 같다고 생각해도 된답니다.

연극이라면 무대가 있어야겠지요. 하지만 사실 무대는 그다지 중요하지 않아요. 제가 들려드릴 이야기는 언제고 우리에게 늘 일어날 수 있는 일이니까요. 그래도 실감은 나야 되겠지요? 일단 무대는 옛날 그리스 아테네 왕국이라고 정하지요. 그래야 요정들이 생동감 있게 등장해서 활약할 수 있을 테니까요.

저요? 저는 요정 중 한 명이라고 생각하세요. 요정이 여러분에게 이야기를 들려준다고 생각하세요. 자, 그럼 이야기를 시작해볼까요.

아테네에 테세우스라는 왕이 있었답니다. 그는 여인들의 왕국인 아마존을 정복하고 여왕 히폴리테를 데려왔지요. 비록 힘으로 끌고 왔지만 둘은 사랑을 해서 결혼을 하게 되었답니다. 결혼을 나흘 앞두고 둘이 궁전 뜰에서 이야기를 나누고 있었어요.

"아름다운 히폴리테, 우리의 결혼식 날도 머지않았소. 나흘만 기다리면 드디어 초승달이 뜨겠구려. 그믐달은 왜 저리 더디게 기우는 것인지!"

히폴리테가 정겨운 눈길로 답했지요.

"나흘 동안의 낮은 밤 속에 이내 녹아버리고 나흘 동안의 밤도 금방 사라질 거예요. 그러면 은빛 초승달이 하늘에서 우리의 축복받은 결혼식을 지켜보겠지요."

왕은 궁전 행사 담당 신하 필로스트라테를 불러서 지시했어요.

헤라클레스와 싸우는 아마존 여전사들

기원전 520년경 그리스 항아리에 그려진 검은 무늬 작품. 아마존 여왕 히폴리테는 그리스신화에서 헤라클레스 이야기와 테세우스 이야기에 등장한다. 히폴리테에게는 아버지인 전쟁의 신 아레스가 준 황금 허리띠가 있는데, 이것을 가져가는 것이 헤라클레스가 아내와 자식들을 죽인 죄를 씻기 위해 해내야 하는 10가지 과업 중 하나다. 히폴리테가 헤라클레스에게 반해 허리띠를 그냥 주려 하자, 헤라 여신이 여왕이 납치당한다는 거짓 소문을 퍼뜨려 아마존 전사들과 헤라클레스 일행이 싸우게 된다. 헤라클레스는 여왕을 비롯해 모두를 죽이고 허리띠를 가지고 돌아간다. 테세우스 이야기에서는 테세우스 혼자, 또는 헤라클레스 일행과 함께 모험을 떠났다가 히폴리테를 만난다. 테세우스는 그녀를 전리품으로 납치하고, 또는 헤라클레스가 납치해 테세우스에게 주고, 둘은 사랑에 빠져 아테네로 가서 결혼하게 된다. 아마존은 전쟁을 좋아한 사나운 여인들로 이루어진 왕국으로, 여인들은 모두 전쟁의 신 아레스와 조화의 여신 또는 숲의 요정 하르모니아의 딸들이다. 위치는 지금의 남부 러시아와 우크라이나, 또는 터키 지역, 북아프리카, 인도까지 다양한 주장이 전한다.

“자, 필로스트라테, 가서 아테네 젊은이들의 흥을 한껏 북돋워보게. 우리의 즐거운 결혼식에 우울한 표정을 한 사람이 있으면 안 되지. 우리 결혼식은 성대하고 화려하게 치러야만 하네.”

왕의 명을 받은 필로스트라테는 물러갔지요. 그가 물러나자 에게우스라는 노인이 딸 헤르미아를 데리고 테세우스 왕 앞에 나타나 말했어요. 그 뒤로는 리산데르와 데메트리우스가 따르고 있었지요.

“문안드립니다, 테세우스 전하.”

“오, 에게우스, 무슨 일인가?”

“이런 기막힌 일이 어디 있겠습니까? 제 딸 헤르미아 때문입니다. 전하께서 제발 해결을 해주시길 간청하옵니다. 자, 이리들 와봐라. 저는 제 딸을 데메트리우스와 결혼시키려 합니다. 데메트리우스도 제 딸을 사랑하지요. 그런데 이자, 이 리산데르가 제 딸의 넋을 빼앗아버렸답니다. 달콤한 사랑의 노래를 딸 창가에서 불러대지 않나, 저 어린 마음을 홀릴 갖가지 선물을 안기질 않나, 암튼 이 아비에게 순종해야 할 저 애를 고집불통으로 만들어버렸습니다. 하오니 전하, 제발 제 딸이 순순히 제 말을 듣게 해주십시오. 전하, 제 딸이 제 말을 듣고 데메트리우스에게 가든가 아니면 아테네의 법에 따라 죽음을 택하든가 판결을 내려주십시오."

그의 말을 듣고 테세우스 왕이 말했어요.

"헤르미아야, 잘 생각해봐라. 아버지는 하늘 같은 분이시다. 너의 아름다운 육체를 만드신 분이 아니더냐? 더욱이 데메트리우스는 훌륭한 신사이니 아버지 말씀을 따르는 게 어떠냐?"

"전하, 저를 용서해주세요. 무슨 힘이 절 이렇게 대담하게 하는지 저도 모르겠어요. 전하, 제가 데메트리우스를 거절한다면 제게 어떤 벌을 내리실 것인지요?"

"사형을 당하든가, 아니면 사람들이 사는 세상과 영원히 등져야만 한다. 자, 가슴에 손을 얹고 한번 물어봐라. 네 가슴속의 정열에 대고 한번 물어봐라. 아버지의 말을 따르지 않는다면 검은 수녀복을 두른 채 영원히 어두운 수녀원에 갇혀 살아야 한다. 차디찬 달님을 향해 찬송가나 부르면서 독신으로 일생을 보내야 해. 그렇게 살면서 행복을 느낄 수도 있겠지. 하지만 가시에 둘러싸여 혼자서만 아름답게 피어 있는 장미가 더 행복하겠느냐, 아니면 남과 그 향기를 나누는 장미가 더 행복하겠느냐?"

"전 마음에도 없는 남자에게 가서 평생을 묶여 사느니, 차라리 홀로 피었다 지는 장미가 되겠어요."

"잘 생각해보아라. 초승달이 뜨는 밤까지 여유를 주마. 그날 나는 내 사랑하는 사람과 백년가약을 맺는다. 너도 그날 결정을 내리도록 해라. 그날이 오면 너는 아버지 뜻을 받들어 데메트리우스와 결혼을 하든지, 아버지 분부에 거역한 불효 죄로 사형을 당하든지, 아니면 영원히 독신으로 지낼 맹세를 하든지, 결정을 해야 한다."

테세우스 왕의 말을 듣고 있던 리산데르가 말했어요.

"전하, 저는 가문이며 재산이며 조금도 데메트리우스에게 뒤지지 않습니다. 그리고 무엇보다 저는 아름다운 헤르미아의 사랑을 받고 있습니다. 더욱이 이미 헬레나가 이 놈팡이를 신처럼 숭배하고 있습니다. 이놈은 아름다운 헬레나의 넋을 온통 빼앗아놓고 이제는 헤르미아마저 차지하려 하고 있습니다. 이 어찌 부당하다 하지 않을 수 있겠습니까?"

"나도 그 소문을 들어 알고 있다. 하지만 나도 어쩔 수 없다. 아테네의 법률에 따라야만 한다. 모든 것은 헤르미아의 결정에 달려 있다."

참으로 난처한 일이 벌어진 셈이네요. 하지만 사랑하는 젊은 남녀를 누가 떼어놓을 수 있겠어요? 리산데르와 헤르미아는 남들의 눈을 피해 몰래 만났답니다. 가만 듣자니 둘은 이런 이야기를 나누며 서로를 위로하더군요.

"헤르미아, 옛날이야기 책이나 역사책을 읽어보아도 쉽게 이루어진 진정한 사랑 이야기는 정말 없다오. 가문의 차이라든지……."

"아, 너무해요. 가문이 좋다고 신분 낮은 사람을 사랑할 수 없다니!"

"또는 나이 차가 너무 난다든지……."

"아, 가혹해요. 나이가 좀 들었다고 젊은이와 사랑할 수 없다니!"

"아니면 주변 사람들의 선택에 좌우된다든지……."

"아, 끔찍해라. 남의 눈으로 애인을 선택하다니……."

"게다가 제대로 된 짝과 맺어지더라도 전쟁이니 죽음이니 병이니 하는 훼방꾼들이 나타나서 순식간에 그 사랑이 사라지게 만들어버리지…….”

“진정한 사랑이 늘 그렇게 장애물을 만날 수밖에 없는 것이라면 우리의 고통도 숙명으로 받아들이도록 해요. 그 고통이 우리가 진정으로 사랑하고 있다는 걸 증명해주니까요.”

“그렇다면 우리 그 숙명을 이겨봅시다. 내게는 나를 친아들처럼 생각해주는 숙모가 한 분 계시오. 아테네에서 멀리 떨어진 시골에 사시는데 그곳에서라면 우리 둘이 결혼할 수 있을 거요. 아테네의 엄한 법률도 그곳까지는 미치지 못하거든. 정말 날 사랑한다면 내일 밤 집에서 몰래 빠져나와요. 그리고 언젠가 아침에 우리가 만났던 그 숲 속으로 오도록 해요.”

“좋아요. 맹세할게요. 큐피드의 황금 화살에 걸고, 비너스의 사랑에 걸고, 모든 사랑을 맺어주시는 신에게 걸고, 맹세하겠어요. 이 세상 여자들이 했던 모든 맹세를 다 합쳐봤자 남자들이 깨뜨린 맹세 숫자에는 못 미치더라도, 맹세할게요. 내일 무슨 일이 있어도 그곳으로 나가겠어요.”

그때 우연히도 헬레나가 그들 곁을 지나가는 게 아니겠어요? 헤르미아가 그녀를 불렀어요.

“어머, 예쁜 헬레나, 어딜 가고 있니?”

"나더러 예쁘다고? 그 말 취소해줄래? 데메트리우스는 네 아름다움에 넋을 잃었더라. 너야말로 행복한 미인 아니겠니? 네 눈은 북두칠성이고, 네 혀는 산들바람, 네 목소리는 목동의 귀를 간질이는 종달새 노래! 병은 옮는다던데, 아, 너의 아름다움이 나한테 옮을 수 있다면! 그렇게만 된다면 온 세상이 내 것이라도 네게 다 줄 수 있을 텐데! 단 데메트리우스만 빼고. 헤르미아 제발 가르쳐주렴. 넌 어떤 눈으로 그이를 보니? 어떻게 해서 그이 마음을 움직이는 거니?"

"아무리 찡그린 얼굴을 해도 그는 날 좋아해."

"아, 내 웃는 얼굴이 네 찡그린 얼굴만도 못하다니."

"막 욕을 해도 그는 날 사랑해."

"아, 내 기도가 네 욕이 가진 힘을 가질 수만 있다면"

"내가 미워할수록 그는 날 더 쫓아다녀."

"그인 내가 사랑할수록 날 싫어한단다."

"그게 내 탓은 아니잖아?"

"그게 다 네가 아름답기 때문이야. 아, 차라리 내가 못생겨서 싫어한다면 좋겠어."

"헬레나, 안심해. 나는 이제 다시는 그의 눈에 띄지 않을 거야. 난 리산데르와 함께 여기서 도망가기로 했어. 아, 리산데르를 만나기 전에는 낙원 같던 아테네였는데, 여기를 버리고 도망가야 하다니! 우리의 사랑은 천당을 지옥으로 바꾸어버렸어."

그때 리산데르가 끼어들었어요.

"헬레나, 헤르미아의 말대로요. 내일 밤 우리는 저 숲에서 만나 아테네 성문을 나가 먼 곳으로 떠날 거요."

헤르미아와 리산데르는 데메트리우스가 헬레나를 사랑하게 되기를 바란다며 그녀 곁을 떠났지요. 홀로 남은 헬레나는 이렇게 중얼거렸답니다.

"아, 사람에 따라 행복이 이렇게 차이가 날 수 있을까? 아테네에서는 나도 걔만큼 예쁘다는 소리를 듣는데……. 하지만 무슨 소용이람. 데메트리우스가 그렇게 생각하지 않는데……. 누구나 다 아는 걸 왜 그이만 모를까? 왜 그이는 헤르미아의 아름다움에만 넋을 잃는 걸까? 사랑은 정말 두 눈을 멀게 만드는 걸까? 그러니까 아무리 천한 것도 귀하게 만들겠지. 그래, 그래서 사랑의 신 큐피드는 장님으로 그려진 거야. 또 사랑을 하면 분별력도 없어지고 물불도 가리지 않게 되지. 그래서 사랑의 신은 어린애로 그려진 거야. 사랑은 어린애처럼 변덕을 부리잖아. 데메트리우스도 헤르미아의 눈을 보기 전까지는 나만 사랑한다는 맹세를 우박처럼 쏟아 부었었지. 그런데 헤르미아가 뿜어내는 열기에 그 우박이 다 녹아버린 거야. 그래, 데메트리우스에게 헤르미아가 도망간다는 이야기를 해주어야겠어. 그러면 내일 밤 그녀를 쫓아서 숲으로 달려가겠지. 나를 칭찬해줄 거 아냐? 게다가 그 핑계로 그이를 볼 수 있으니 내 아픔을 달랠 수 있을 거야."

헬레나는 그를 한 번이라도 더 보고 싶은 마음에 그런 엉뚱한 생각을 하게 된 거지요. 그러고 보니 진짜로 사랑에 눈먼 사람은 헬레나인가 봐요.

이번에는 눈길을 좀 돌려볼까요. 목수인 피터 퀸스의 집에 사람들이 모여 무언가 열심히 이야기를 나누고 있네요. 무슨 이야기일까? 어라, 연극에 대한 이야기네요. 목수, 직공, 대장장이, 땜장이, 재단사, 가구장이가 모여 웬 연극 이야기를 하고 있는 거죠? 아, 그렇구나. 궁전 행사 담당 신하인 필로스트라테가 아이디어를 냈군요. 테세우스 왕 결혼식 축하 공연에 대해 다 함께 의논했네요. 그들은 나름대로 연극을 준비해서 왕의 결혼을 축복해주려 하는군요. 글쎄요? 생전 머리 쓰는 일이라고는 해본 적 없는 사람들인데 잘될까요? 암튼 그들 이야기를 들어보기로 하지요.

퀸스가 사람들 앞에서 말했어요.

"자, 다들 모였나? 우리 왕의 결혼식 날, 어전에서 흥을 돋우기 위해 준비하는 거니까 잘해보자고."

그러자 직공인 보텀이 말했어요.

"좋아, 하지만 우선 그 연극이 어떤 건지 말해주게나. 그래야 배역을 정할 것 아닌가?"

"굉장히 슬픈 희극이라네. 피라무스와 티스베의 참혹한 죽음을 다룬 거지. 자, 내가 배역을 말해주지. 우선 직공 닉 보텀, 자네는 주인공 피라무스 역이네. 다음 대장장이 프랜시스 플루트, 자네는 티스베 역을 맡게."

그러자 플루트가 대답했어요.

"티스베라니, 방랑 기사 이름인가?"

"아니야, 피라무스와 연애하는 여자 이름일세."

"나 보고 여자 역을 맡으라고? 에이, 안 돼."

"괜찮아, 가면을 쓰고 할 거니까. 될 수 있는 대로 작은 목소리를 내면 되네."

플루트가 받아들이자 퀸스는 다음 배역들을 모두 알려주었지요. 누가 어떤 배역을 맡았는지 궁금하진 않으시겠지요. 배역을 일일이 말해준 후 퀸스가 사람들에게 말했어요.

"자, 여기 각자의 대본이 있네. 내일까지 제발 대사를 다 외워야 하네. 저기 시내에서 1마일쯤 떨어진 숲 속에 공작님 저택 있지? 우리 거기 도토리나무 밑에 모여서 달빛 아래 연습을 하세. 시내에서 만나면 사람들에게 우리 계획이 탄로 날 수 있으니까. 그때까지 난 연극에 필요한 도구 목록을 만들겠네."

그런 후 그들은 헤어졌답니다. 그들도 숲에 모인다니, 뭔가 재미있는 일이 벌어질 것 같네요.

2

이제부터는 우리 요정들 이야기를 해 볼 테니 귀를 기울여보세요. 시내에서 1마일 정도 떨어진 숲에서 요정 둘이 만나 이야기를 하고 있네요. 한 명은 남자 요정 푸크, 다른 한 명은 여자 요정이네요.

먼저 푸크가 여자 요정에게 물었어요.

“너 어디 가니?”

“산 넘어, 골짝 넘어
덤불 뚫고, 찔레 뚫고
마당 넘어, 담 넘어
물과 불을 지나서

어디든지 간다네.

여왕님의 분부 받아

풀밭 둘레에 이슬을 뿌리자.

키 큰 노란 앵초는 여왕님의 시종이라네.

나? 나는 이제 이슬을 찾으러 갈 거야. 앵초 꽃잎 끝에 진주알처럼 달아주어야지. 잘 있어, 이 얼뜨기야. 우리 여왕님이 요정들을 데리고 곧 오실 거야."

"우리 오베론 임금님이 여기서 오늘 밤 잔치를 하실 거야. 네 여왕님이 얼씬거리지 않는 게 좋을걸. 임금님은 성미가 정말 급하시거든. 티타니아 여왕님 시종 중에 인도에서 데려온 소년 있잖아? 그렇게 귀여운 아이는 여왕님도 처음 봤다고 하시잖아. 그런데 오베론 임금님이 샘이 나셨어. 그 앨 뺏어다 시종으로 삼고 싶어 하신단 말이야. 그런데 여왕님은 그 애를 내줄 생각이 전혀 없으시거든. 그래서 임금님과 여왕님은 맑은 샘가에서든 반짝이는 별들 아래서든 만나기만 하면 기어이 싸움을 하신단 말이야."

"말하는 걸 들으니 너 그 장난꾸러기 요정 푸크구나. 사람들에게 온갖 장난을 쳐서 놀래주는 게 바로 너지?"

“그래, 난 밤의 즐거운 방랑자야. 오베론 임금님에게도 어릿광대 노릇을 하지. 암망아지 흉내를 내서 히히힝 울어대면 임금님이 빙그레 웃으신단다. 어떤 때는 구운 사과로 둔갑해서 할망구 찻잔에 숨기도 하지. 할망구가 차를 마시길 기다렸다가 입술을 툭 차서 그 쭈글쭈글한 목에 온통 차를 쏟아버리게 하는 게 바로 나야. 때로는 세발 의자로 둔갑하기도 하지. 아주머니가 걸터앉으려고 할 때 슬쩍 비켜나면 쿵 하고 나가떨어지며 비명을 지르겠지? 그걸 보고 요정들은 모두 볼기짝을 치며 깔깔거리면서 ‘이렇게 신나는 일은 처음이야’라고 떠들겠지? 자, 비켜. 저기 오베론 임금님이 오신다.”

“근데 우리 여왕님도 오시네. 오베론 임금님이 다른 데로 가주시면 좋으련만.”

그 순간 숲 속 빈터에 갑자기 요정들이 몰려들었어요. 그들을 앞세우고 오베론과 티타니아도 나타났지요. 둘이 마주치자 먼저 오베론이 말했어요.

“달밤에 재수 없게 만났구먼. 거만한 티타니아 같으니!”

“흥, 질투쟁이 오베론이군요. 요정들아, 빨리 가버리자꾸나. 난 이이 근처에도 안 가기로 맹세했단다.”

"그러지 말고 거기 가만있어요. 그렇게 쌀쌀맞게 굴 거 있소? 나는 당신 남편 아니오?"

"그렇다면 나를 부인 대접 해주어야죠. 난 다 알아요. 당신 전에 요정나라에서 몰래 빠져나가 목동으로 변신했었지요? 온종일 보릿짚으로 만든 피리를 불며 시골 처녀 필리다를 낚으려 했죠? 당신이 저 머나먼 인도 산속에서 이리로 돌아온 이유도 알아요. 당신 저 아마존 여자를 좋아하죠? 그 여자를 꾀어낸 건 바로 당신 아닌가요? 그런데 그 여자가 테세우스 왕과 결혼하는데 주례를 서려 하다니, 무슨 속셈인 거죠?"

"여보, 다들 듣는데 무슨 그런 창피한 말을 하오. 나와 히폴리테의 관계를 그렇게 억측하다니! 바로 당신이 테세우스를 부추겨 그녀를 꾀어내게 만들었잖소?"

"암튼 당신이 한 짓들 때문에 세상에 무슨 일이 벌어지고 있는지 보세요. 우리가 이렇게 싸우고 있으니 모든 게 엉망진창이잖아요. 일 년 내내 애써 가꾼 곡식들이 모두 시들고, 한여름에도 겨울옷을 꺼내 입어야 하고, 허연 백발 같은 서리가 싱싱한 장미 가지에 내려앉기도 하고……. 봄·여름·가을·겨울 사계절이 온통 옷을 바꿔 입고 있잖아요. 이게 다 우리가

「오베론과 티타니아의 싸움 The Quarrel of Oberon and Titania」

스코틀랜드 화가 조지프 페이턴의 1849년 작품. 오베론은 중세와 르네상스 시대 문학에 등장하는 요정나라 왕이다. 오베론의 원형은 프랑크족 메로빙거 왕조(5~8세기) 전설 『니벨룽의 노래(Nibelungenlied)』에 나오는 알베리히(Alberich)다. 이 전설에서 알베리히는 소인족인 니벨룽족의 보물을 지키는 난쟁이인데, 마법의 망토로 몸을 감출 수 있다. 그러나 네덜란드 왕자 지그프리트가 니벨룽족을 정복해 그 망토를 가로챈다. 그 와중에 지그프리트는 보물을 지키던 용의 피를 덮어써서 한 군데의 약점 부위만 빼고 죽지 않는 몸이 된다. 13세기 프랑스 서사시 『위옹 드 보르도(Huon de Bordeaux)』에도 기사 위옹을 돕는 요정나라 왕 오베론이 등장하며, 독일의 작곡가 리하르트 바그너가 작곡한 오페라 「니벨룽의 반지(Der Ring des Nibelungen)」(1869)에서는 마법의 반지를 가진 알베리히가 나온다.

싸우기 때문에 벌어지는 일이라고요."

"그럼 당신이 회개하구려. 다 당신 때문이야. 난 단지 그 아이를 내 시종으로 달라는 것뿐인데……."

"흥, 그건 포기하세요. 그 아이는 요정나라 전부하고도 바꿀 수 없어요. 그 아이 엄마가 나를 얼마나 즐겁게 해주었는데요. 그 아이를 낳다가 내 앞에서 그만 죽어버렸지만요. 그 애 엄마를 생각해서라도 나는 그 애와 헤어질 수 없어요."

"그래, 이 숲에는 얼마나 더 있을 작정이오?"

"글쎄요, 테세우스 왕 결혼식이 끝날 때까지는 있어야지요. 혹시 우리랑 함께 춤추면서 달밤의 향연을 보려거든 함께 가세요. 싫으면 관두시든가. 전 상관 않겠어요."

"그 아일 내놔! 그럼 따라갈 테니."

"글쎄, 당신 요정나라를 다 준대도 싫다니까요. 요정들아, 가자. 더 있다간 싸움 나겠다."

요정들의 여왕 티타니아는 요정들과 함께 숲 속으로 멀어졌어요. 그러자 요정들의 왕 오베론이 말했어요.

"푸크야, 내 말 잘 들어보렴. 저쪽 숲 밖 바닷가로 가면 자줏빛 꽃이 있단다. 처녀들은 그 꽃을 사랑의 꽃이라 부른다.

큐피드가 날린 사랑의 화살이 떨어진 곳에 피어 있는 꽃이지. 그 꽃은 처음에는 하얀색이었다. 그런데 큐피드의 화살에 상처를 입자 자줏빛으로 바뀐 거지. 내가 전에 네게 그 꽃 보여준 적 있지? 그 즙을 짜서 자는 사람 눈에 바르면 눈을 떴을 때 처음으로 보는 사람을 미친 듯 사랑하게 돼. 너, 그 꽃을 꺾어 와라. 고래가 헤엄치는 것보다 빠르게 갔다 와."

"저는 한 시간도 안 돼 지구를 한 바퀴 돌 수 있습니다."

임금님의 명을 받은 푸크는 재빨리 바닷가로 달려갔답니다. 혼자 남은 오베론이 중얼거렸어요.

"그 즙만 손에 들어오면 티타니아가 잠든 틈에 눈에 발라주어야지. 눈을 뜨면 사자든 곰이든 늑대든 여우든 원숭이든, 뭐든 처음 보이는 것에 반해서 미친 듯 쫓아다니게 되겠지? 그걸 풀어주는 다른 약초를 눈에 바르기 전에는 사랑의 마법에서 벗어날 수 없을걸. 그 아이를 내게 보내주기 전에는 내가 그 약초를 주나 봐라. 근데, 누가 오네? 어디 엿볼까? 나는 사람들 눈에 안 보이니까."

그때 숲 속으로 데메트리우스가 들어왔어요. 헬레나가 그 뒤를 쫓고 있었지요. 헤르미아와 리산데르가 몰래 도망가려

한다는 것을 헬레나가 데메트리우스에게 말해준 거지요. 데메트리우스가 뒤쫓아 오고 있는 헬레나에게 말했어요.

"제발 그만 쫓아와라. 너를 더 이상 사랑하지 않는 남자를 왜 이렇게 쫓아다니는 거냐? 도대체 리산데르 이놈 어디 있는 거야? 헤르미아와 함께 도망가려 하다니. 내 이놈을 그냥……. 이봐, 헬레나, 썩 돌아가지 못해!"

"당신이 저를 잡아끄는 걸요. 당신은 자석이에요. 저는 강철같이 진실한 사랑을 간직하고 있고요. 당신이 저를 잡아끄는 걸 어쩔 수가 없어요."

"내가 널 잡아끈다고? 내가 지금 네게 달콤한 유혹의 말이라도 한단 말이냐? 제발 가버리라고 소리치고 있잖아!"

"그럴수록 전 당신이 더 좋아지는걸요. 데메트리우스 님, 저는 당신의 스패니얼 강아지예요. 당신이 매를 들면 들수록 더 당신에게 아양을 부리게 되거든요. 그러니 제발 당신 곁에만 있게 해주세요."

"갈수록 태산이로군. 내가 점점 더 싫어할 말만 골라 하고 있으니. 네가 이 숲에서 무슨 일을 당해도 난 몰라. 너를 놔두고 도망쳐버릴 거야."

"정말 가혹하시네요. 그래요. 도망가세요. 난 계속 당신 뒤를 쫓을 테니까. 세상일이 거꾸로 되었네요. 비둘기가 독수리를 쫓고, 암사슴이 호랑이를 잡으려고 쫓아가는 셈이니까요. 데메트리우스, 당신은 모든 여자들에게 모욕을 안기는 셈이에요. 여자가 남자에게 사랑 고백을 듣는 게 정상 아닌가요? 그런데 내가 당신을 쫓아다니게 만들다니. 그래도 나는 당신을 따라가겠어요. 혹시 당신을 따르다 죽더라도 상관없어요. 사랑하는 사람의 손에 죽을 수만 있다면 이 지옥 같은 고통도 천국의 기쁨으로 변할 거예요."

그들이 사라지자 오베론이 혀를 끌끌 찼어요. 그리고 이렇게 중얼거렸답니다.

"참, 기가 막힌 일이로군. 저들이 숲에서 벗어나기 전에 저 남자가 저 여자를 쫓아다니게 만들어놔야겠군."

그때 푸크가 꽃을 꺾어 들고 오베론에게 왔어요. 오베론은 꽃을 받아들고 말했어요.

"수고했다. 티타니아가 잠든 틈에 그녀 눈에 이 꽃즙을 발라주어야지. 푸크, 너도 이 꽃을 들고 숲 속을 샅샅이 뒤져라. 아테네의 어떤 아름다운 처녀가 사랑에 빠졌는데 상대방 남자가 그 처녀를 싫어하고 있다. 너는 그 남자 눈에 이 꽃즙을 발라주어라. 그 남자가 눈을 떴을 때 제일 먼저 그 처녀를 보게 해야 한다. 아테네 사람 옷을 입고 있으니 쉽게 알아볼 수 있을 거야. 그리고 첫닭이 울기 전에 돌아와라."

어떻게 되었냐고요? 물론 오베론은 티타니아의 눈에 사랑의 꽃즙을 발랐답니다. 요정들의 아름다운 자장가를 들으며 티타니아는 도토리나무 밑 그늘에서 행복한 잠에 빠져 있었지요. 그때 훨훨 날아온 오베론이 그 눈에 즙을 바른 거예요. 오베론은 장난스러운 웃음을 띠며 중얼거렸어요.

"잠을 깨서 뭘 보든 그것이 당신의 진짜 애인이 될 테니 어디 사랑의 고통을 한번 맛보시지. 살쾡이든 표범이든 곰이든 털이 곤두선 멧돼지든, 처음 눈에 보이는 게 당신 애인이다. 제발 흉악한 것이 곁에 있을 때 잠에서 깨어나라."

자, 결과가 어찌 될지는 나중에 알아보기로 하고 우리는 다시 숲 속 다른 곳으로 가볼까요?

숲 속에 리산데르와 헤르미아가 나타났어요. 헤르미아는 지친 것 같았어요. 리산데르에게 기대어 그의 팔에 안겨 있었지요. 리산데르가 말했어요.

"헤르미아, 숲 속을 헤매다 보니 지친 모양이군요. 사실은 나도 길을 잘 모르겠어요. 좀 쉬어 갑시다."

두 사람은 몹시 지친 모양이에요. 너무 오래 길을 잃고 숲 속을 헤맨 거지요. 두 사람은 누울 만한 곳을 찾아 잠깐 눈을 붙이더니 이내 잠이 들었어요. 그때 푸크가 나타났어요. 숲 속을 샅샅이 뒤졌지만 아테네 옷 입은 사람을 못 보았답니다. 그런데 잠들어 있는 리산데르와 헤르미아를 발견한 거예요. 둘은 멀찍이 떨어져 자고 있었답니다. 리산데르는 헤르미아를 꼭 껴안은 채 잠들고 싶었겠지요. 하지만 헤르미아가 떨어져 자자고 했어요. 결혼 전의 순결을 지키고 싶었던 거지요. 그 모습을 푸크가 본 거랍니다. 푸크는 속으로 생각했어요.

'저 남자가 오베론 임금님이 말씀하신 바로 그 사람이군. 저 남자가 저 처녀를 그렇게 싫어한단 말이지. 곁에 가까이 눕지도 못하게 하는군.'

그러더니 리산데르의 눈에 사랑의 약을 잔뜩 바르고 사라졌어요.

그런데 이게 웬일일까요? 그때 데메트리우스와 헬레나가

그곳에 나타난 거예요. 데메트리우스는 리산데르와 헤르미아를 찾아 숲 속을 헤맸지요. 헬레나는 여전히 데메트리우스의 뒤를 쫓았고요. 그때 헬레나가 잠들어 있는 리산데르를 발견했어요. 너무 꼼짝 않고 누워 있어 혹시 탈이라도 난 게 아닐까 두려웠지요. 헬레나는 그만큼 마음이 고왔답니다. 헬레나는 리산데르를 흔들어 깨웠어요. 리산데르가 잠에서 깨어났지요. 그다음에 어떤 일이 벌어졌냐고요? 너무 빤하지요. 눈을 뜬 리산데르가 헬레나를 보고 말했답니다.

"오, 사랑하는 헬레나! 햇살처럼 눈부신 헬레나, 그대는 자연의 불가사의! 데메트리우스는 어디 갔소? 그 더러운 녀석을 내 칼로 없애버려야지."

"무슨 말을 하는 거예요, 리산데르! 그이가 당신의 헤르미아를 사랑한다고 해서 그렇게 심하게 할 건 없잖아요. 헤르미아가 당신을 그토록 사랑하니 그걸로 된 거 아닌가요?"

"헤르미아? 내가 왜 그녀와 그토록 많은 시간을 헛되이 보냈지? 내가 진정으로 사랑하는 건 헤르미아가 아니라 그대 헬레나요. 그동안 내가 어리석고 분별력이 없었던 거지. 아, 그대를 향한 나의 이 진정한 사랑을 받아주오."

헬레나는 어안이 벙벙했어요. 그녀의 눈에 눈물이 고였어요.

"아, 도대체 나는 무슨 나쁜 운명을 타고난 걸까? 이보세요, 리산데르, 내가 무슨 짓을 했다고 당신마저 나를 이렇게 조롱하는 건가요? 난 데메트리우스에게서 고운 눈초리 한 번 받아보지 못했어요. 나는 그렇게 못난 여자예요. 그런데 그걸로도 부족해서 당신마저 날 놀리시나요? 한 남자에게는 거절당하고 다른 남자에게는 조롱당하다니."

그녀는 얼굴을 감싸고 달려갔어요. 멀리 떨어져 자고 있는 헤르미아는 보지도 못했답니다. 리산데르는 헤르미아를 징그러운 동물 보듯이 흘겨보더니 헬레나의 뒤를 쫓아 달려갔지요. 헤르미아가 잠에서 깨어나니, 글쎄 리산데르가 없지 않겠어요? 데메트리우스만 곁에 있었지요. 참, 일이 묘하게 되었지요? 뒷이야기가 궁금하긴 하지만 조금 참으세요. 티타니아가 잠에서 깨어 누구를 처음 보게 되었을지도 궁금하잖아요. 자, 다시 다른 곳으로 가볼까요? 연극을 준비하던 사람들이 약속했던 바로 그 장소, 그러니까 숲 속 도토리나무 밑이에요.

3

사람들이 모여서 연극 준비를 하고 있었어요. 그때 푸크가 도토리나무 뒤로 나타나더니 중얼거렸어요.

"이 허름한 옷을 입은 자들이 여기서 뭘 하고 있는 거지? 우리 여왕님이 주무시는 곳 가까이에서. 아니, 연극을 하나 봐. 어디 구경 좀 할까? 그러다 내가 한몫 끼어도 되잖아.'

그들이 서툴게 연극 연습하는 모습을 보고 있던 푸크에게 장난기가 발동했어요. 직공 보텀이 피라무스 역을 맡고 대장장이 프래시스 플루트가 티스베 역을 맡았다는 것은 이미 말씀드렸지요? 그들은 피라무스와 티스베가 만나 대화하는 장면을 연습했어요. 그런데 피라무스가 잠깐 몸을 숨기는 장면이 있었답니다. 그 역을 맡은 보텀은 덤불 사이에 몸을 숨겼어요. 그러자 푸크는 보텀의 머리에 당나귀 머리를 씌워버렸답니다. 당나귀 머리를 한 괴물 모습이 되어버린 거지요. 그가 다시 나타나자 모두들 혼비백산해 달아나버렸어요. 영문을 모르는 보텀이 중얼거렸어요.

"흥, 너희 장난을 내가 모를까 봐. 날 놀려주려고? 날 겁나게 하려고? 내가 끄떡이나 할 줄 알고. 내가 태연스럽게 노래 부르고 있으면 다들 머쓱해서 나타나겠지."

그러고는 콧노래를 흥얼거렸지요. 때로는 당나귀 소리도 냈답니다.

시커먼 사다새는
부리가 황갈색.
개똥지빠귀는 노래 잘하네.
굴뚝새는 가는 목소리.

그때 티타니아가 잠에서 깨어 보텀을 보았어요.

「**푸크** Puck」

스위스 출신 화가 헨리 퓨셀리의 1810~1820년경 작품. 푸크는 영국 신화에 나오는 가정 또는 자연의 요정, 도깨비다. '로빈 굿펠로' '로빈' '홉고블린'이라고도 불린다. 지혜로운 악당의 이미지를 가진 똑똑하고 짓궂은 요정이다. 바느질, 버터 만들기 등 사소한 집안일을 대신해주기도 한다. 본래 외로운 존재로, 친구 만들기가 목표라고 알려져 있다.

"아, 저 천사의 목소리를 가진 분은 누구일까? 저기 고결하신 분. 제발 한 번 더 노래를 해주세요. 저를 이렇게 감동시키는 노래는 들어본 적이 없어요. 당신의 노래를 들으니 당신께 사랑 고백을 할 수밖에 없어요."

그러자 보텀이 그녀를 보고 말했답니다. 오베론은 티타니아를 사람들 눈에 보이도록 해놓았지요.

"글쎄요, 아씨. 그렇게까지 칭찬하실 건 없는데……. 저로서는 노래 솜씨보다 이 숲에서 벗어날 재주만 있다면 더 좋겠습니다. 모두들 어디론가 가버렸으니 나도 가버릴 수밖에요."

"이 숲을 떠나다니요? 그런 생각 아예 마세요. 전 보통 요정이 아니랍니다. 전 요정의 여왕이랍니다. 제 곁을 떠나지 않으신다면 모든 요정들이 당신 시중을 들 거예요. 깊은 바다에 숨겨져 있는 보물도 가져와 당신께 드리라고 할게요. 당신을 영원히 죽지 않고, 어디든 갈 수 있는 요정으로 만들어드릴게요."

그러더니 티타니아는 요정들을 불렀어요.

"얘, 콩꽃아, 거미줄아, 모기야, 겨자씨야!"

티타니아의 부름에 요정들이 나타났어요. 그러자 티타니아가 말했어요.

“얘들아, 앞으로 이분을 잘 모시도록 해라. 이분이 외출하실 때는 앞에서 즐거운 춤을 추어 눈요기가 되시도록 해드려라. 언제나 살구, 딸기, 자줏빛 포도, 무화과, 오디를 드실 수 있게 해드려라. 그리고 땅벌 집에 가서 다디단 꿀을 훔쳐 오너라. 반딧불이 눈에 불을 켜서 이분 침실에 갖다놓고 주무실 때는 저 고요한 달빛을 오색나비 날갯짓으로 이분께 보내드려라.”

당나귀 머리를 한 보텀은 어안이 벙벙했지만 기분이 나쁠 리는 없었지요. 그는 요정들이 이끄는 대로 따라갔답니다.

자, 이제 오베론이 푸크를 기다리고 있는 곳으로 가볼까요?

오베론 앞에 푸크가 나타났답니다. 그리고 티타니아가 당나귀 머리를 한 녀석에게 녹아버렸다는 이야기를 해주었지요.

“그거 생각보다 잘되었네. 그런데 너 사랑의 묘약을 내가 말한 대로 아테네 청년 눈에도 발라주었겠지?”

“물론이죠. 마침 그 남자가 잠을 자고 있기에 눈에 듬뿍 발라주었답니다. 여자가 그 옆에서 자고 있었으니까 깨면 반드시 그 여자를 보게 될 겁니다.”

둘이 그렇게 이야기를 나누고 있는데 데메트리우스와 헤르미아가 그곳에 나타났어요. 헤르미아가 정신없이 리산데르를 찾아 헤매자 데메트리우스가 뒤따라온 것이지요. 그들을 보자 오베론이 푸크에게 말했어요.

"이리 와봐라. 저 청년이 내가 말한 아테네 청년이다."

"여자는 그 여자지만 남자는 다른데요."

그때 데메트리우스가 헤르미아에게 말했어요.

"그대는 당신을 사랑하는 사람을 왜 그렇게 비난하시오? 원수에게나 할 수 있는 말을 내게 퍼붓다니……."

"지금은 당신 욕이나 하고 있지만 나중에는 더한 짓을 할지도 몰라요. 저주받을 사람 같으니라고. 당신이 리산데르 님을 죽였지요? 기왕에 피를 보았으니 나도 죽여주세요. 그이가 도망갔다고요? 나보고 그 말을 믿으라고요? 그분이 나를 얼마나 사랑했는데 그걸 믿으라고요? 아, 저 무서운 얼굴!"

"내 얼굴? 아마 누군가의 칼에 찔린 사람 얼굴이 바로 내 얼굴일 거요. 칼처럼 잔인한 당신의 말에 심장이 찔렸으니……. 나를 죽게 만든 당신의 얼굴은 하늘의 샛별처럼 맑게 빛나는군요."

"아, 데메트리우스, 리산데르 님은 어디 있어요? 제발 그이를 제게 돌려주세요."

"그러느니 차라리 그 녀석 시체를 들개에게 던져 주겠소."

"이 개 같은 사람, 짐승 같은 사람! 당신 같은 사람 앞에서는 처녀로서 예의고 뭐고 없어요. 당신은 악마예요. 역시 당신이 그이를 죽였군요. 그래, 당신을 바라보는 그이의 눈을 빤히 마주보며 죽였나요, 아니면 잠들어 있을 때 몰래 죽였나요? 만일 그랬다면 당신은 진짜 간 큰 사람, 독사보다 독한 사람이에요!"

"정말 얼토당토않은 화를 내는군요. 난 절대 리산데르를 죽이지 않았소."

"아, 그렇다면 제발 그이가 무사하다는 말을 해주세요."

"그러면 무슨 상을 주겠소?"

"상이라니요! 그래요, 기꺼이 상을 주겠어요. 다시는 절 보지 말라는 상을! 전 당신을 떠나겠어요. 앞으로 제발 내 눈앞에 나타나지 말아요."

말을 내뱉은 헤르미아는 숲 속 다른 쪽으로 사라져버렸어요. 데메트리우스는 멍하니 그 자리에 남아 있었지요. 저렇게 화가 난 헤르미아를 따라가봤자 소용없을 것 같았기 때문이에요. 그는 슬픔과 피곤이 겹쳐 그 자리에 쓰러져 잠이 들었어요.

그 모습을 보고 있던 오베론이 퍼크에게 말했어요.

"너 도대체 무슨 짓을 한 거냐? 진짜 애인 눈에 사랑의 묘약을 발랐구나. 데메트리우스의 마음을 헬레나에게 돌리기는커녕 진실한 사랑까지 들쑤셔놓다니. 어서 숲 속을 뒤져 헬레나를 찾아와라. 상사병에 걸려 세상 고뇌를 다 떠안고 있는 것 같은 얼굴을 찾으면 된다. 무슨 수를 써서라도 그 여자를 이리 오게 만들어라. 그동안 나는 이 청년 눈에 마법을 걸어놓을 테니."

명을 받은 푸크가 헬레나를 찾아 재빨리 사라지자 오베론은 데미테리우스의 눈에 사랑의 묘약을 넣었어요. 그러자 푸크가 금방 돌아왔답니다.

"자, 우리 요정나라 임금님, 지금 헬레나가 이리로 오는 중입니다. 그런데 제가 실수한 그 청년도 사랑을 애걸하며 함께 뒤따라오네요. 참, 인간들이란 왜 이리 어리석은지."

그사이 데메트리우스가 잠에서 깨어났어요. 그러고는 헬레나를 보자마자 말했어요.

"오, 헬레나, 나의 여신! 아, 당신의 아름다운 두 눈을 무엇에 비유할 수 있을까! 수정인들 그보다 맑을 수 있을까! 오,

당신의 그 입술, 내 맘을 홀리는 앵두 같은 입술. 오, 그대의 그 손, 저 히말라야의 흰 눈인들 그 손만큼 새하얄 수 있을까! 아, 제발 그대 손에 입 맞추게 해주오."

뒤에서는 리산데르가 사랑을 애걸하며 따라오지, 자기를 더러운 짐승 보듯 하던 데메트리우스 입에서는 이상한 소리가 나오지, 헬레나는 그만 미칠 것 같았어요.

"정말 다들 이럴 거예요? 둘이 짜고 나를 놀리는 거예요? 도리를 아는 사람들이라면 이런 짓은 못할 거예요. 나를 미워하는 것도 모자라서 둘이 함께 나를 놀림감을 만들다니! 헤르미아를 향해서는 사랑 경쟁을 하더니 나를 가지고는 놀림 경쟁을 하는군요. 이건 도저히 참을 수 없어요."

리산데르가 데메트리우스에게 말했어요.

"자네가 나빠! 자네는 헤르미아를 사랑하잖아? 자, 내 기꺼이 헤르미아를 자네에게 양보하겠네. 헬레나는 내게 넘겨. 난 그녀를 죽을 때까지 사랑하겠네."

"이보게 리산데르, 헤르미아는 자네가 맡게. 이제 그녀는 내 맘에서 사라졌어. 그녀를 향한 사랑은 잠시 나를 찾아왔던 나그네일 뿐이라네. 헬레나를 향한 내 마음이 길을 잃고 헤매다가 이제야 고향으로 돌아온 셈이라네."

바로 그때 리산데르를 찾아 헤매던 헤르미아가 저쪽에서 나타나네요. 넷이 함께 모인 셈이니 어떤 일이 벌어지는지 구경 한번 해볼까요.

리산데르를 본 헤르미아는 반가운 마음에 그 곁으로 달려갔어요.

"리산데르 님, 왜 제 곁을 떠나셨어요?"

리산데르가 등을 돌리며 말했어요.

"사랑이 나를 떠나라고 채찍질하는데 어떻게 안 떠날 수 있겠소!"

"사랑이 채찍질을 하다니요? 무슨 사랑이요?"

"헬레나를 향한 나의 사랑이지. 아름다운 헬레나, 저 하늘의 별들보다 더 아름답게 반짝이는 그대여!"

그러더니 헤르미아를 보며 말했어요.

"그런데 당신은 왜 그렇게 날 찾아다니는 거요? 당신이 싫어서 달아난 것도 모른단 말이오?"

헤르미아는 리산데르가 장난하는 줄 알았어요. 하지만 정작 정신이 하나도 없는 건 헬레나였지요. 그녀가 말했어요.

"아, 헤르미아, 너까지 이 남자들과 짜고 나를 놀려대는구나. 우리가 얼마나 친하게 지냈는데……. 너는 우리가 함께 보낸 세월들, 우리 단둘이 나눈 이야기들, 우리가 학교 시절 나누었던 우정들, 이 모든 것을 잊었단 말이니? 마치 한 몸인 듯 서로 아끼던 그 시절을 다 잊었단 말이니? 그 소중한 우정을 깨뜨리고 남자들과 합세해서 이 가엾은 친구를 놀리고 있는 거니? 정말 기가 막혀서……."

헤르미아는 헤르미아대로 화가 났어요.

"정말 기가 막히는 건 나란다. 내가 왜 널 놀린단 말이니? 오히려 네가 나를 놀리고 있는 것 같은데."

"리산데르 님이 나를 저렇게 쫓아오는 척 시킨 게 네가 아니면 도대체 누구니? 조금 전까지도 나를 발로 걷어차던 데메트리우스 님이 내게 말도 안 되는 찬사를 늘어놓게 만든 게 네가 아니라면 도대체 누구란 말이니? 동정해야 할 나를 이렇게 놀리는 게 옳은 일이니? 이렇게 놀림감이 되느니 차라리 죽어버리는 게 나아."

그러자 리산데르가 말했어요.

"오, 그대 헬레나, 그런 말 말아요! 내가 그대를 이렇게 사랑하는데, 어떻게 죽음을 입에 담는단 말이오?"

그 소리를 듣고 가만있을 데메트리우스가 아니었지요.

"헬레나, 저자의 말을 듣지 말아요. 그대를 진정으로 사랑하는 것은 바로 나요."

리산데르가 말했어요.

"그래? 그렇다면 어디 증명해봐. 너 나랑 저쪽에 가서 결투를 벌여볼 테냐?"

"좋아, 가자."

그러자 헤르미아가 리산데르를 붙잡았어요. 그러자 리산데르가 뿌리치며 말했지요.

"놓지 못해, 요 고양이 같은 여자야! 안 놓으면 뱀을 풀어놓겠다. 밉살스러운 여자 같으니라고!"

"밉다고요? 제가 밉다고요? 그런 모욕이 어디 있어요? 저는 헤르미아, 당신은 리산데르가 아니신가요? 초저녁만 해도 저를 사랑하시더니 밤이 되자 절 버리시다니요. 아, 당신은 정말 절 버리셨나요?"

"아무렴, 내 목숨 걸고 단언하지. 절대로 농담이 아니야. 난 당신이 싫어졌어. 내가 사랑하는 건 헬레나야."

헤르미아는 그만 헬레나에게 화가 나고 말았어요.

"이 사기꾼! 이 사랑의 도둑아! 네가 밤에 몰래 내 사랑하는 사람의 심장을 도둑질해 갔어."

"잘한다. 무슨 염치로 그런 말을 하니? 꼭두각시 같은 게."

"꼭두각시라고? 그래 결국 그 말이 하고 싶었던 거구나. 그래, 난 너보다 키가 작아. 그래서 넌 그 큰 키와 몸매로 저이를 유혹했구나. 맞아, 난 작아. 어디 작은 고추 맛 좀 볼래?"

헤르미아는 헬레나에게 달려들려고 했어요. 그러자 헬레나가 말했어요.

"헤르미아, 너 정말 왜 이러니? 난 아무 짓도 안 했다고. 난 항상 너를 사랑하고 언제나 네 비밀을 지켜왔어. 네게 잘못한 것도 없고. 다만 데메트리우스를 너무 사랑한 나머지 네가 달아나려 한다는 말을 해준 것뿐이야. 그래서 그이가 널 쫓아온 거고 난 그이를 쫓아왔을 뿐이야. 하지만 그이는 날 때리려 하고 심지어 죽어버리라고까지 말했어. 그런데 이렇게 다들 날 놀리고 있으니 정말 뭐가 뭔지 모르겠어. 난 이제 그만 갈 거야."

말을 마친 헬레나는 달아났어요. 데메트리우스와 리산데르는 칼을 빼들고 결투를 하러 숲 속으로 달려갔지요. 헤르미아는 어쩔 줄 모르고 서 있다가 헬레나의 뒤를 쫓아갔어요.

이 광경을 보고 있던 오베론이 푸크에게 말했어요.

"이게 다 네가 저지른 잘못 때문에 벌어진 일이야. 이번엔 실수 없이 내가 시키는 대로 해야 한다. 저들이 결투할 장소를 찾고 있지? 자, 푸크야, 얼른 어둠의 장막을 숲에 드리워라. 저 별빛을 안개로 덮어버려라. 그리고 저 둘을 숲 속에서 헤매게 해라. 데메트리우스에게는 리산데르 목소리로 욕을 해서 유혹하고, 리산데르에게는 데메트리우스 목소리로 욕을 해서 따라오게 해라. 그렇게 둘이 따로따로 숲을 헤매다 보면 그들에게 죽음처럼 깊은 잠이 찾아올 거야. 그때 이 약즙을 리산데르의 눈에 짜 넣도록 해라. 이건 굉장한 약효를 가지고 있어서, 눈에 씌워졌던 장막이 금방 벗겨진다. 눈이 정상을 되찾으면 그동안의 일이 모두 한바탕 꿈처럼 여겨지지. 네가 그 일을 하는 동안 나는 티타니아 여왕을 찾으러 가야겠다. 마법에 걸린 여왕의 눈을 괴물에게서 해방시켜주면 인도 소년을 나한테 주지 않겠어?"

이윽고 산에 안개가 끼기 시작했답니다. 요정 푸크의 짓이었지요. 그는 흥겹게 노래하며 숲 속으로 뛰어갔어요.

요리조리 내 맘대로 그자들을 끌고 다니자.

내가 못할 건 아무것도 없다네.

요리조리 내 맘대로 그자들을 끌고 다니자.

그때 리산데르가 어둠 속에서 더듬거리며 소리를 질렀어요.

"이놈, 데메트리우스, 어디 있느냐! 내가 무서워서 도망이라도 간 거냐?"

푸크가 데메트리우스 목소리로 말했어요.

"여기 있다, 악당아! 칼을 빼들고 기다리고 있다. 어서 이리 와라."

"거기 기다려라. 비겁하게 도망가지 말고."

"좋다, 어서 따라와라. 좀 더 평평한 곳으로 가자."

리산데르는 데메트리우스의 목소리가 들리는 쪽으로 손을 더듬으며 걸어갔지요.

이번에는 데메트리우스 차례였어요. 푸크는 같은 방법으로 그를 다른 쪽으로 유인했어요. 그렇게 왔다 갔다 하면서 둘이 밤새 숲 속을 헤매게 한 거지요. 결국 둘은 지쳐서 숲 속에 쓰러지고 말았어요. 그리고 잠이 들어버렸지요.

아 참, 헬레나와 헤르미아는 어찌 되었냐고요? 그녀들도 별빛마저 사라져 캄캄한 숲 속을 헤맬 수밖에 없었지요. 헬레나는 다음 날 날이 밝으면 아테네로 돌아가리라 생각하고 숲 속에 쓰러져 잠이 들었어요. 헤르미아도 숲을 헤매다가 지친 건 마찬가지고요.

그런데 이런 게 운명인가요? 결국 넷은 같은 곳에서 잠든 거예요. 헬레나는 데메트리우스 곁에서 잠이 들었고 헤르미아는 리산데르 곁에 눕게 되었지요. 눈치 빠른 분들이 계시네요. 저는 요정이라고 말씀드렸죠? 제가 장난을 좀 친 거예요. 이런 장난이야 얼마든지 쳐도 되겠지요?

푸크가 오베론의 지시대로 리산데르의 눈에 약즙을 발라주었다는 이야기를 빼놓으면 안 되겠네요.

4

숲에 티타니아가 보텀과 함께 나타났어요. 보텀의 당나귀 머리에는 화환이 예쁘게 장식되어 있었지요. 보텀 곁의 티타니아는 정말 행복한 표정이었어요. 그녀가 보텀을 얼마나 정겹게 대하는지 한번 보실래요?

티타니아가 말했어요.

"자, 이 꽃밭에 앉으세요. 당신의 사랑스러운 뺨을 만져드리고 사향 장미를 꽂아드릴게요. 그리고 그 크고 아름다운 귀에 키스해드릴게요. 우리 멋진 분!"

보텀이 하는 짓도 가관이었지요. 그는 콩꽃 요정을 불러 머리를 긁어달라는 둥, 거미줄 요정에게 꿀을 갖다달라는 둥 거드름을 피웠지요. 티타니아에게는 맛있는 음식을 갖다달라고 했어요. 그러더니 둘은 잠이 들었어요.

그때 오베론이 나타나서 그들이 잠든 모습을 보았답니다. 푸크가 그 곁을 따르고 있었지요. 오베론이 푸크에게 말했답니다.

"푸크야, 이 멋진 꼴 좀 보려무나. 이 흉측한 괴물 옆에서 잠든 모습이라니! 이젠 티타니아가 가엾게 여겨지는구나. 이제 이 여왕 눈의 헛것을 풀어주어야겠다. 푸크야, 너도 이제 이자가 뒤집어쓴 끔찍한 괴물 머리를 벗겨줘라."

그러더니 오베론은 티타니아의 눈에 약즙을 발라주었어요.

오베론이 왜 선선히 티타니아를 마법에서 풀어주었냐고요? 실은 원하는 걸 손에 넣었기 때문이랍니다. 오베론은 방금 전에 티타니아와 보텀을 만났어요. 그러고는 신나게 보텀에게 욕을 해댔지요. 사랑하는 사람에게 욕을 해대면 어떻겠어요? 제발 그러지 말라고 애걸하지 않겠어요? 티타니아가 오베론에게 제발 욕을 멈추어달라고 애걸하자 그 대신 인도 아이를 달라고 한 거예요. 티타니아는 냉큼 승낙했고요. 원하던 것을 얻었으니 티타니아를 그대로 내버려둘 이유가 없어졌지요.

눈을 뜬 티타니아가 말했어요.

"아, 오베론, 당신이에요? 나 방금 이상한 꿈을 꾸었어요. 글쎄 당나귀에게 반했었나 봐요."

오베론이 시치미를 뚝 떼고 물었어요.

"저기 누워 있는 게 당신 애인이오?"

"어머, 어떻게 이런 일이! 아, 저 징그러운 낯짝을!"

그때 푸크가 당나귀 머리를 벗겨주었어요. 보텀은 정신없이 잠들어 있었지요. 티타니아는 오베론의 손을 다정하게 잡았답니다. 이런 생각을 했겠지요.

'어휴, 이 멋진 임금님을 놔두고 저런 괴물을 사랑했다니!'

둘은 손을 맞잡고 춤을 추었어요. 춤을 추면서 오베론이 말했지요.

"자, 티타니아, 우리 함께 이들이 잠들어 있는 대지를 흔들어줍시다. 아침이 되었으니 이들이 새로운 날을 맞게 해줍시다. 이렇게 화해했으니 내일 밤 테세우스 왕의 집에 같이 가서 흥겹게 춤을 춥시다. 테세우스 부부의 결혼을 축하해줍시다. 그리고 저 두 쌍의 애인들도 왕과 함께 결혼식을 올리게 해줍시다."

둘은 손잡고 춤을 추며 하늘로 날아갔어요.

그때 숲 속에 테세우스와 히폴리테, 에게우스가 나타났어요. 숲에 사냥을 하러 온 거지요. 에게우스가 잠들어 있는 젊은이들을 발견했답니다.

에게우스가 말했어요.

"전하, 여기 제 딸이 잠들어 있군요. 아니, 옆에 리산데르와 데메트리우스 그리고 헬레나도 함께 잠들어 있어요. 어떻게 이들이 이렇게 함께 잠들어 있게 된 걸까요?"

테세우스가 말했어요.

"글쎄, 내가 사냥한다는 이야기를 듣고 새벽 일찍 인사하러 왔나? 그런데 에게우스, 오늘이 바로 헤르미아가 신랑을 결정해야 되는 날 아닌가? 몰이꾼들에게 나팔을 불게 하라. 이들을 깨워야겠다."

몰이꾼들이 나팔을 불자 넷은 잠에서 깨어났어요. 그리고 테세우스 왕 앞에 무릎을 꿇었어요.

테세우스 왕이 그들에게 말했어요.

"자, 다들 일어서라. 그런데 도대체 어찌 된 일이냐? 리산데르와 데메트리우스, 너희 둘은 분명 원수일 텐데 어떻게 이렇게 나란히 잠을 잘 수 있단 말이냐?"

그러자 리산데르가 말했어요.

"전하, 도대체 지금 제가 꿈을 꾸고 있는 건지 깨어 있는 건지 모르겠습니다. 저희가 어떻게 이렇게 함께 자게 되었는지도 모르겠습니다. 제가 헤르미아와 함께 온 거겠지요. 솔직히 말씀드리자면 저와 헤르미아는 멀리 도망가려 했습니다."

그 말을 듣고 에게우스가 말했어요.

"전하, 더 이상 들을 필요 없습니다. 제발 아테네의 법을 이들 머리 위에 내려주십시오. 둘이 도망치려 하다니! 이보게, 데메트리우스. 이 둘이 도망쳐서 자네와 나를 속일 속셈이었나 보네."

그러자 데메트리우스가 나서서 말했어요.

"전하, 실은 헬레나가 이 두 사람이 도망치려 한다고 제게 말해주었습니다. 제가 홧김에 이들 뒤를 쫓아온 것이지요. 저를 사랑하는 헬레나는 저를 뒤쫓아 온 것이고요. 그런데 전하, 무슨 마력인지 헤르미아를 향한 제 사랑은 눈 녹듯 사라져버렸습니다. 철없던 시절 탐내던 하찮은 장난감 같습니다. 지금은 오로지 헬레나만이 저의 진정한 사랑이며 제 마음과 눈을 기쁘게 해줍니다. 전하, 헤르미아를 보기 전에 저는 헬레나와 약혼한 사이였습니다. 그런데 제가 잠시 무슨 몹쓸 병에 걸렸던 모양입니다. 저는 이제 다시 건강을 회복했습니다. 지금부터는 죽을 때까지 헬레나만 사랑하겠습니다."

테세우스 왕이 말했어요.

"그것 참 잘되었다. 이보게, 에게우스. 자네도 그만 양보하게. 이 두 청년도 나와 함께 신전에서 백년가약을 맺게 해주어야겠어. 자, 다들 아테네로 돌아가자. 신랑이 세 사람, 신부가 세 사람, 함께 엄숙한 식을 올리고 피로연을 열기로 하자."

네 명의 젊은 남녀는 이 모든 것이 꿈 같았어요. 살을 꼬집어보며 꿈이 아닌 것을 확인한 네 사람은 함께 아테네로 돌아왔고요.

결말은 말씀드리지 않아도 되겠지요? 네 명의 연인들 이야기, 참으로 기묘하지요? 사실 같지도 않고요. 하지만 사실이랍니다. 사랑은 그렇게 광기와 비슷하답니다. 사랑을 하면 머릿속이 온통 상상력으로 가득 차게 되지요. 아무리 하찮은 상대도 최고의 미녀와 미남으로 만들어주는 것이 바로 사랑의 힘이랍니다. 주변의 보잘것없는 것들도 천국으로 만들어주는 게 바로 그 사랑의 힘이랍니다. 사랑의 힘은 믿기 어려운 기적도 가능하게 해준답니다.

그날 저녁, 세 쌍의 성대한 결혼식이 열리고 피로연이 벌어졌답니다. 우리의 서툰 연극 단원들은 열심히 준비한 연극을 사람들 앞에서 공연했고요. 서툴긴 했지만 모두들 연극에 푹 빠졌답니다. 참, 요정들도 등장해서 춤을 추며 흥을 돋우었다는 이야기도 빼놓으면 안 되겠네요. 요정들은 한껏 세 쌍의 결혼을 축복해주었답니다.

혹시 우리 요정들이 한 짓이 마음에 안 드세요? 그렇다면 이렇게 생각해주세요. 잠시 졸고 있는 동안 꿈을 꾼 거라고요. 우리가 그 연극 단원들처럼 빈약하고 보람 없는 그런 꿈을 여러분께 보여드린 것이라고 생각하세요. 우리를 용서해주신다면 더 멋진 꿈을 나중에 보여드릴 수도 있잖아요.

아, 참 제가 누구냐고요? 저는 바로 요정 푸크랍니다. 제가 실수를 했었지요? 사랑의 묘약을 잘못 발랐잖아요. 하지만 제 실수를 용서해주세요. 요정도 서투르긴 마찬가지고 실수도 한답니다.

템페스트

The Tempest

1

독자 여러분은 지금부터 나와 함께 아주 이상하면서도 아름다운 이야기 속으로 들어가게 될 것이다. 우리는 철천지원수에게 복수하는 통쾌한 이야기는 자주 들을 수 있지만 그 원수를 용서하고 화해하는 이야기에는 별로 익숙하지 않다. 지금부터 여러분에게 내가 들려줄 이야기가 바로 그런 이야기다.

이 이야기에는 요정도 등장하고 마법도 나온다. 요정이 여기저기 출몰하고 마법이 발휘되는 세계니 우리 눈도 바쁠 수밖에 없다. 독자 여러분은 이제부터 나와 함께 요정이 아무리 자기 몸을 감추어도 볼 수 있고, 어떤 마법이 어떻게 벌어지는지 훤히 알 수 있는 그런 높은 곳에서 이 이야기 속 세계를 내려다보는 셈 치기로 하자. 자, 그럼 이야기 속으로 들어가보기로 하자.

이탈리아 나폴리 근처 어느 작은 무인도 근처 바다. 폭풍우가 사납게 휘몰아치는 가운데 여러 척의 배들이 위태롭게 항해 중이었다. 모두 폭풍우에 휩싸여 난파할 위기에 처해 있었다. 그 배들은 나폴리 왕 알론소의 딸 클레리벨 공주와 튀니지 왕의 결혼식에 참석했던 사람들을 태우고 튀니지로부터 나폴리로 돌아가는 중이었다. 왕이 타고 있는 배와 호위하는 배들 중에 특히 왕이 탄 배가 폭풍우에 심하게 시달리고 있었다. 그 배에는 밀라노 공국의 왕 안토니오와 나폴리 왕 알론소, 알론소의 아들 페르디난드, 알론소의 동생 세바스티안을 비롯해 나폴리 대신인 곤잘로와 아드리안, 프란치스코 등이 타고 있었다.

선원들이 죽을힘을 다해 폭풍우에 맞서보았지만 아무 소용이 없었다. 얼마 안 있어 배가 암초에 부딪쳤고 배 이곳저곳에서 불길이 일었다. 선원들은 이제 모든 것이 끝장이라며 기도나 드리고 있었고, 갑판장은 모든 것을 체념한 듯 술병을 입에 대고 병나발을 불었다. 배에 타고 있던 왕과 귀족들은 이렇게 바다 위에서 죽게 된 데 대해 운명을 한탄하며 최후를 맞을 준비를 하고 있었다.

그들이 모두 절망에 빠져 있던 바로 그때였다. 바다가 훤히 내려다보이는 섬 절벽 위에서 한 젊은 여자가 폭풍우가 몰아치는 바다를 바라보고 있었다. 그녀 뒤로는 동굴이 하나 나 있었다. 그녀가 걱정스러운 표정으로 폭풍우에 휩쓸려 난파 직전인 배를 바라보고 있을 때, 동굴에서 한 남자가 밖으로 나왔다. 그는 마법사의 망토를 걸치고 있었으며 손에는 마법의 지팡이를 들고 있었다.

그를 보자 젊은 여자가 말했다.

"아버지, 아버지가 마법으로 바다를 저렇게 만들어놓으신 거지요? 아버지, 제발 바다를 다시 잔잔하게 해주세요. 저기 저 고통에 빠진 사람들을 보세요. 정말 가슴이 아파요. 저것 보세요. 마구 울부짖고 있어요. 멀리서 보기에도 훌륭한 사람들이 타고 있는 배 같아요."

"얘야, 진정해라. 놀랄 필요 없다. 다들 무사할 테니 그렇게 가슴 아파할 것 없다."

"하지만 너무 불쌍해요."

"글쎄, 걱정할 것 없대도. 실은 이게 다 널 위해 한 일이란다."

"그게 무슨 말씀이세요? 저를 위해 저 배를 난파시키려 한단 말씀이세요?"

"그렇단다. 자, 이제 네게 이제까지 들려주지 않았던 이야기를 해줄 때가 된 것 같구나. 귀를 기울이고 잘 듣도록 해라. 이 마법 옷을 좀 벗겨다오."

그녀가 아버지의 마법 옷을 벗겨주며 말했다.

"아버지, 저렇게 곧 난파당할 배에 탄 사람들이 어떻게 무사하다는 거예요?"

"아무래도 네가 안심이 안 되는 모양이로구나. 내가 미리 마법으로 그들이 이 섬에 무사히 상륙할 수 있게 해놓았으니 안심해라. 그 배 안에 있던 사람은 단 한 명도 목숨을 잃지 않았단다. 머리카락 하나 손상된 사람도 없어. 그러니 걱정 말고 내 이야기나 듣도록 해라."

그가 돌 위에 앉자 젊은 여자도 그 앞에 있는 돌 위에 앉았다. 젊은 여자는 열대여섯 살 정도 되어 보였으며 더없이 아름답고 청순하기 그지없었다.

"미란다야, 너 우리가 이 동굴로 오기 전 일을 기억하니? 그

때가 세 살도 되기 전이니 아무것도 기억 못 하겠지?"

"글쎄요, 사람들이 제 곁에 많이 있었던 것 같기도 하고……. 가물가물하기만 할 뿐 전혀 기억이 나지 않아요."

"그래, 용케 그 정도라도 기억을 하는구나. 내가 바로 말해 주마. 12년 전만 하더라도 나는 밀라노의 군주인 프로스페로 공작이었단다. 세도가 대단했지."

"아니, 그렇다면 아버지는 제 친아버지가 아니라는 말씀이세요?"

"아니, 얘야. 무슨 그런 소리를 하는 거니? 난 네 친아버지고 너는 당당한 우리 가문의 공주였단다. 게다가 귀하디 귀한 외동딸이고."

"그런데 왜 이곳으로 오게 된 거지요?"

"음모에 걸려 고국에서 쫓겨난 거야. 다행히 어떤 친구가 도와준 덕분에 이 섬에나마 정착할 수 있었던 거란다. 자, 이제부터 조금 길고 지루하더라고 참고 들어보도록 해라.

믿기지 않겠지만 나는 바로 내 동생에게 배반을 당한 거란다. 그렇게 믿었던 안토니오에게……. 너 다음으로 사랑했던 안토니오에게…….

당시 밀라노 공국은 여러 공국들 중에서 가장 번영을 누리던 나라였단다. 나 프로스페로는 공작들 중 으뜸으로서 권세는 물론이고 학문으로도 명망이 높았지. 그런데 나는 너무 학문에 심취한 나머지 정치는 모두 아우에게 맡겼단다. 모든 나랏일을 아우에게 맡긴 채 마법에 넋이 빠져 있었어.

그사이 정치에 완전히 눈을 뜨고 모든 것을 익힌 안토니오는 나라의 요직을 몽땅 자신에게 충성하는 자들로 채워버렸단다. 그런데도 나는 세상이 어떻게 돌아가는지도 모르고 개인 수양에만 몰두하고 있었지. 자기 마음대로 모든 것을 할 수 있게 된 안토니오는 점점 욕심이 커져갔고 급기야는 나를 쫓아낼 흑심까지 품게 되었단다. 내가 맡긴 자리가 본래 자기의 자리인 것처럼 착각하게 된 거지. 사실상 밀라노 공작처럼 일도 하고 행세도 하긴 했지만 정식 공작이 된 건 아니었어. 그는 명실상부한 밀라노 공작이 되려 했다. 밀라노 공작이라는 이름까지 자기 것으로 만들고자 한 거란다.

그런데 그 방법이 비열하기 그지없었다. 아직 나를 따르는 사람들이 많다는 것을 알고 남의 힘을 빌리지 않고는 성사가 어렵다고 판단한 거야. 그는 나를 제거하기 위해 나폴리 왕국에 굽

밀라노

하르트만 셰델의 『뉘른베르크 연대기』(1493)에 실린 판화 작품. 15세기 밀라노의 모습을 보여준다. 이탈리아 북부 롬바르디아 평원에 위치한 밀라노 공국(1395~1796)은 신성로마제국에 속한 도시국가로, 서쪽은 사보이 공국, 동쪽은 베네치아 공화국, 북쪽은 스위스, 남쪽은 제노바 공화국에 둘러싸여 있었다. 15세기에 피렌체 공화국과 동맹을 맺어 강력한 베네치아 공화국과 나폴리 왕국에 맞서면서, 이탈리아 르네상스를 이끌기도 했다. 16세기 이후 스페인 등의 지배를 받다가 18세기 말 프랑스에 멸망당했으며, 19세기에 이탈리아 왕국의 일부가 되었다.

실거리기 시작했다. 세상에, 딴 나라에 단 한 번도 무릎을 꿇어 본 적 없는 밀라노 공국인데……. 글쎄, 나폴리 왕국에 조공을 바치고 신하의 예를 다하겠다고 했으니, 어찌 그런 치욕스러운 일이……. 어찌 그런 자를 친동생이라고 할 수 있겠니?"

프로스페로는 잠시 말문을 닫았다. 그러자 미란다가 아버지에게 물었다.

"그래서 어떻게 되었어요?"

"말하나마나 아니겠니? 나폴리 왕은 내게 언제나 숙적이었단다. 그에게는 너무나 좋은 기회였지. 숙적이던 나라가 조공도 바치고 신하의 예를 다하겠다고 스스로 무릎을 꿇었으니 저절로 떡이 굴러 들어온 거지. 그는 밀라노 공국을 내 아우에게 주겠다고 약속한 후, 미리 날을 정해놓고 군대를 이끌고 밀라노로 쳐들어왔지. 안토니오가 안에서 성문을 열어준 건 두말할 필요 없고. 그래서 너와 나는 깜깜한 밤중에 성에서 쫓겨난 거란다."

아버지의 이야기를 듣던 미란다는 눈물을 흘리며 말했다.

"그런데 왜 우리를 죽이지 않고 살려둔 걸까요?"

"잘 물어보았다. 국민들이 나를 워낙 존경하고 사랑해서 차마 죽일 수는 없었던 거다. 안토니오는 우리를 살려주는 걸로 더러워진 양심에 조금이나마 예쁜 색을 칠하려고 했는지도 모르지. 결국 그들은 우리를 배에 태워 바다에 내던지듯 팽개쳤다. 정말 형편없는 배였다. 돛도 닻도 없었다. 아마 네가 없었다면 나는 절망에 빠져 그대로 죽었을지도 몰라. 너는 정말 천사였다. 그 와중에도 빵끗 웃는 너를 보며 아무리 어려운 일이라도 헤쳐 나가겠다는 용기가 생기더구나. 게다가 아주 고마운 사람의 도움도 받았다.

우리를 호송하는 임무를 맡은 사람이 바로 나폴리의 대신인 곤잘로였는데, 정말 덕성이 넘치는 좋은 사람이었다. 그 사람이 우리를 무사히 이곳에 내릴 수 있게 해준 거지. 그가 음식과 음료를 충분히 마련해주고 옷, 가구 같은 일상생활에 필요한 것들을 남몰래 우리 배에 실어주었단다. 그뿐이 아니야. 그는 내가 심취해 있던 책들, 특히 마법 책들을 함께 갖다 주었다. 덕분에 내가 이렇게 마법을 익히게 된 거란다."

"아버지, 잘 알겠어요. 정말 하느님께 감사드려야겠어요. 그리고 아버지께 감사드려요. 그렇게 힘든 일을 겪으시고도 저를 이렇게 사랑으로 키워주시다니. 그런데 아버지, 그렇다면 왜 바다에 폭풍우를 일으키신 거예요?"

"그래, 그 이야기만 해주고 그만하기로 하자. 아, 이게 무슨 운명인지! 글쎄, 자비로우신 운명의 여신이 내 원수들을 모두 이 섬 가로 데리고 오신 거란다. 나는 운명의 여신이 내 편을 들어 복수를 하라고 그들을 내게 보냈다고 생각했지. 그런데 점을 쳐보니, 내 앞에 어떤 상서로운 별이 떠 있더구나. 그 별에 거역하지 말고 순순히 그 힘을 받아들여야 내 운명이 최고점에 도달한다고 나오더구나. 이런, 이야기가 너무 길어서 네가 졸린 모양이구나. 그래, 어서 자거라. 이야기는 이제 그만하자."

프로스페로는 미란다의 졸린 눈을 두 손으로 다정하게 가려주었다. 그녀는 이내 잠이 들었다. 실은 프로스페로가 딸을 재운 것이다.

딸이 잠든 것을 확인하자 프로스페로는 마법 지팡이로 잔디 위에 커다란 원을 그리며 외쳤다.

"나와라, 아리엘아! 어서 나와라."

그러자 잠시 후 공중에 요정 아리엘이 나타났다. 아리엘이 나타나자 프로스페로가 그에게 말했다.

"그래, 내 명령대로 모든 걸 틀림없이 시행했느냐?"

"물론이지요. 제가 언제 주인님 명령에 복종하지 않은 적이 있나요? 폭풍우를 일으킨 후 왕이 탄 배에 직접 올랐지요. 배 앞뒤를 오가며 불을 지르고 선실마다 불꽃을 일으켰어요. 하늘에서는 계속 벼락과 번개가 치게 만들었고 바다에서는 미친 듯 계속 파도가 일렁이게 했지요."

그러자 프로스페로가 말했다.

"잘했다. 그런 소동을 일으켰으니 아무리 침착한 자라도 온통 정신이 나갔겠구나."

"그럼요. 미치광이들이 따로 없었지요. 선원들만 빼놓고는 모두 저 무서운 바다로 뛰어들었습니다. 왕자 페르디난드가 머리칼이 곤두선 채 뭐라고 했는지 아세요? '오, 지옥은 텅 비어 있겠구나. 악마들이 모두 이곳으로 몰려왔으니!'라고 울부짖었답니다."

그러자 프로스페로가 근심스러운 어조로 아리엘에게 말했다.

"그래, 정말 잘했다. 그런데 내가 당부한 또 한 가지를 잊지 않았겠지? 분명히 다들 무사하겠지?"

"물론이지요. 머리칼 한 올 상한 사람 없고 옷도 말짱하답니다. 오히려 전보다 더 깨끗해졌는걸요. 그리고 명령하신 대로 그들을 여러 패로 나누어 섬 여기저기 흩어놓았지요. 그리고 말씀하신 대로 왕자 한 명만 섬 구석진 곳에 혼자 있게 내버려두었습니다. 홀로 남아 팔짱을 낀 채 비탄에 젖어 있게 만들어놓았지요."

"그렇다면 왕이 탔던 배와 호위하던 다른 배들은?"

"왕이 탔던 배는 섬 한구석에 무사히 정박시켜놓았어요. 아주 잘 숨겨놓았습니다. 선원들은 모두 갑판 밑에서 잠에 곯아떨어지게 해놓았고요. 다른 배들이오? 모두 나폴리를 향해 귀향 중이지요. 왕이 탄 배가 난파당해 왕이 익사한 걸로 착각하게 만들어놓았으니까요."

그러자 프로스페로가 태양을 쳐다보며 말했다.

"이제 두 시가 지났구나. 지금부터 여섯 시까지 할 일이 많다. 네가 더 수고를 해주어야겠다."

그러자 아리엘이 입술을 삐죽 내밀며 말했다.

"아직 더 시킬 일이 있으세요? 그렇다면 약속을 지켜주셔야지요. 시키시는 일을 제가 정확히 해내면 일 년을 앞당겨 저를 해방시켜준다고 하셨잖아요."

"알았다. 하지만 너 그렇게 불평하면 안 돼. 내가 너한테 해준 일을 잊었단 말이냐?"

그러자 아리엘은 몸을 움찔했다. 그러자 프로스페로가 계속 말했다.

"어디, 또 불평만 해봐라. 다시 소나무를 쪼개서 그 안에 집어넣어줄 테니. 다시 그 안에서 실컷 울부짖게 만들어줄 거야."

아리엘은 본래 임신한 채 이 섬으로 유배되어 온 마녀 시코락스의 종이었다. 그런데 그가 시코락스의 명을 거역하자 화가 난 그녀가 소나무 둥치를 쪼개서 그를 그 사이에 꼭 끼워버렸다. 마녀 자신도 다시는 그를 풀어낼 수 없었기에 그는 소나무 속에 갇힌 채 괴롭게 지낼 수밖에 없었다. 아리엘은 그렇게 고통 속에서 12년간을 지내야 했다. 그사이 마녀는 죽고 이 섬에는 마녀가 낳은 아들 칼리반밖에 없었다. 그런데 이 섬에 오게 된 프로스페로가 마법의 힘으로 소나무를 베어 아리엘을 밖으로 꺼내주었고, 그러자 아리엘은 프로스페로를 주인으로 모시게 된 것이다.

잠깐, 그렇다면 마녀가 남긴 아들 칼리반은 어떻게 되었을지 독자 여러분은 궁금하지 않은가? 그 궁금증을 풀기 위해 잠시 칼리반 이야기를 하고 넘어가기로 하자.

프로스페로는 마녀가 죽은 뒤 홀로 남은 칼리반을 거두어서 키웠다. 먹여주고 입혀주고 재워주고 말도 가르쳤으며 잠도 함께 잤다. 하지만 칼리반은 역시 마녀의 아들이었다. 그는 어느 날 옆에서 자던 미란다를 품에 안으려다 프로스페로에게 혼쭐이 난다. 노한 프로스페로는 그 후 칼리반을 동굴에서 내쫓고 허드렛일이나 시키는 하인으로 부려왔다. 하지만 칼리반은 프로스페로의 마법에 밀려 어쩔 수 없이 프로스페로의 하인 노릇을 하면서도 내내 이를 갈고 있었다.

'흥, 이 섬은 본래 우리 어머니 시코락스의 왕국 아닌가? 당연히 내가 이 왕국의 임금이지. 저 맑은 샘, 황무지와 기름진 땅, 나무에 주렁주렁 달린 과일들 모두 내 거야. 한데 저자가 이 섬을 약탈하고 나를 하인으로 부리고 있는 거야. 저자의 마법이 너무 강하니 어디 꼼짝할 수가 있어야지. 하지만…… 하지만…… 때가 되면…….'

이 정도면 칼리반이 왜 프로스페로의 하인이 되어 시키는 일을 하고 있는지, 그가 속으로 어떤 생각을 하고 있는지 독자 여러분은 충분히 알 수 있을 것이다. 그러니 이제 다시 프로스페로와 아리엘에게로 눈길을 돌려보기로 하자.

가만, 어디까지 이야기했더라? 그래, 프로스페로가 아리엘을 꾸짖는 장면을 보여주고 있었지.

프로스페로가 아리엘을 꾸짖자 아리엘이 프로스페로에게 말했다.

"잘못했습니다, 주인님. 자 이제 제가 어떻게 해야 하지요?"

"진작 그럴 것이지. 이번에 내 말만 잘 들으면 곧바로 너를 자유롭게 풀어주마. 자, 어서 가서 바다의 요정, 님프로 변신한 후 다시 오도록 해라. 내 눈에만 보이는 님프로 변신해야 한다."

그런 후 그는 아리엘의 귀에 대고 무언가 속삭였다. 아리엘은 분부대로 하겠다며 사라졌다.

아리엘이 사라지자 프로스페로는 미란다를 들여다보며 주문을 외웠다.

"눈을 떠라, 아가야. 어서 일어나라."

그러자 미란다가 눈을 비비며 잠에서 깨어났다.

그때였다. 음악과 함께 노랫소리가 들려왔다. 님프로 변신한 아리엘이 악기를 연주하며 노래를 부르고 있었던 것이다. 아리엘은 이제 사람들 눈에 보이지 않는 요정이 되었다. 앞으로 이 이야기 속에서 그는 우리, 그러니까 이 이야기를 하고 있는 나

「프로스페로, 미란다와 아리엘 Prospero, Miranda and Ariel」

작자 미상의 1780년경 작품. 『템페스트』에서 요정 아리엘은 프로스페로의 충성스러운 노예 하인으로 보통 받아들인다. 그런데 1950년대부터 아리엘의 성격을 다르게 설명하는 시각이 나타났다. 프로스페로를 식민지 개척자(지배자), 아리엘을 식민지인(피지배자)으로 보는 것이다. 이런 관점에 따르면 아리엘은 협상과 협력을 통해 식민 상태에서 해방되려고 노력하는 식민지인이다. 한편 칼리반은 더 과격한 방식으로 반란을 꿈꾸는 또 다른 식민지인으로 해석될 수 있다.

와 이 이야기를 듣는 독자 여러분, 그리고 프로스페로 외에는 그 누구의 눈에도 보이지 않게 되었다는 것을 미리 말해둔다.

이제 그의 노래에 귀를 기울여보자.

황금빛 모래 위에 마주 보고 서서
정겹게 손을 맞잡아라.
그대들의 눈길과 입맞춤에
파도도 잠들 테니.
이 세상 온갖 것들아,
모두 함께 춤을 추어라.
요정들이 그대들 노래에 후렴을 달아줄 테니.

그런데 알론소 왕의 아들 페르디난드가 그 노래 뒤를 쫓고 있었다. 그는 도대체 어디서 그 음악과 노래가 들려오는지 알 수 없었지만 마음속 슬픔과 분노가 가라앉는 것을 느끼며 자신도 모르게 노래를 따라온 것이다. 아리엘이 다시 노래를 불렀다.

아버지는 저 깊은 바닷속에.

뼈는 산호가 되고

눈은 진주가 되리라.

바닷물에 잠긴 온몸은

모두 신비로운 보물로 변하리라.

바다의 님프들아,

그대들이 죽음을 슬퍼하는 종을 울리는구나.

들어라, 저 종소리를!

뎅뎅, 뎅뎅.

페르디난드는 그 노래가 바다에 빠져 죽은 자기 아버지를 추도하는 노래라고 생각했다. 그리고 그 음악은 사람이 연주하는 지상의 음악이 아니라고 생각했다.

아리엘의 노랫소리를 들은 프로스페로는 멀리 페르디난드를 손가락으로 가리키며 미란다에게 말했다.

"저기 누가 오는구나. 네 눈에도 보이느냐?"

"어머, 누굴까요? 사방을 두리번거리네요. 정말 멋지게 생겼어요. 사람이 아닌가 봐요. 틀림없이 요정일 거예요."

"아니다, 얘야. 우리와 똑같이 음식을 먹고 잠을 자는 사람이구나. 배를 타고 가다 난파당한 사람들 중 한 명인가 보다. 슬픈 얼굴이긴 해도 네 말대로 꽤나 잘생겼구나. 일행들을 찾느라 두리번거리나 보다."

그러자 미란다가 저도 모르게 한 발 앞으로 나서며 말했다.

"아버지, 제 눈에는 사람 같지 않아요. 신 같아요. 세상 사람이라면 저렇게 잘생길 리가 없어요."

페르디난드를 향해 감탄의 눈길을 보내는 미란다를 바라보며 프로스페로는 속으로 '그래, 잘되어가고 있어'라고 중얼거렸다.

그사이 페르디난드가 그들 가까이 왔다. 그는 미란다를 보고 그녀의 아름다움에 반했다. 너무나 아름다워서 도저히 사람이 아닌 것 같았다. 그는 아까 들은 노래가 바로 이 여신에게 바치는 노래라고 생각했다. 그는 두근거리는 가슴을 겨우 진정하고 미란다에게 말했다.

"아, 천상의 아름다움을 지닌 그대, 말해주오. 그대는 누구인가요? 신비스러운 그대, 그대는 정녕 이 땅에 발을 딛고 있는 건가요?"

그러자 미란다가 그에게 말했다.

“나는 신비스러운 존재가 아니에요. 그냥 사람일 뿐이에요.”

“아, 당신은 우리나라 말을 쓰시는군요. 그렇다면 제가 누구인지 밝혀드리지요. 저는 이 나라 말을 쓰는 사람 중에서 최고의 지위를 누리고 있는 사람이랍니다.”

그러자 프로스페로가 앞으로 나서며 말했다.

“뭐? 최고의 지위를 누리고 있다고? 나폴리 왕이 들으면 큰일 날 소리를 하는군.”

그러자 페르디난드가 혼잣말을 했다.

“아, 이렇게 나 혼자 살아남았는데, 돌아가신 아버지가 어떻게 내 이야기를 들을 수 있을까!’

이어서 그가 프로스페로에게 말했다.

“맞습니다. 내 아버지이신 나폴리 왕이 내 이야기를 저 하늘에서 듣고 계실 거요. 아버지가 난파를 당해 바다에 빠지는 것을 내 눈으로 똑똑히 보았소. 가슴이 찢어질 듯 아프지만 이제 내가 나폴리 왕이란 말이오. 아버지뿐 아니라 배에 타고 있던 귀족들도 모두 같은 처지가 되었소. 밀라노 공작도 함께요.”

프로스페로는 페르디난드와 딸 미란다가 서로 한눈에 반한 것을 알 수 있었다. 모두 그가 계획한 대로였다. 하지만 그는 좀 더 확실하게 해두고 싶었다. 아무리 둘이 사랑한다 하더라도 너무 쉽게 이루어지면 그 사랑이 진정으로 소중한 줄 모르고 금방 소홀해질 수도 있으니까. 그는 짐짓 냉정한 목소리로 페르디난드에게 말했다.

"당신 큰일 날 소리를 하고 있군. 가짜 왕 행세를 하며 이 섬에 들어오다니! 이 섬의 주인인 나를 몰아내고 이 섬을 약탈하려는 속셈 아닌가! 그러면서 감히 내 딸까지 탐내다니!"

페르디난드는 손을 내저으며 극구 부인했고 옆에서 미란다도 거들었다.

"아버지, 저렇게 훌륭한 분의 마음속에 나쁜 게 들어 있을 리 없어요. 저분 마음속에는 착한 천사들만 살고 싶어 할 거예요."

"어허, 무슨 소리를 하는 거냐! 저런 나쁜 놈을 변호하려 들다니!"

그러더니 그는 페르디난드에게 말했다.

"순순히 나를 따라와라. 너를 포로로 잡아야겠다. 네 몸에 고랑을 채우고 죄수에 걸맞은 음식과 물을 먹여주마."

그러자 페르디난드가 칼을 빼어 들며 외쳤다.

"그렇게 순순히 항복할 수는 없지. 도저히 상대할 수 없이 강하다면 몰라도."

하지만 페르디난드는 칼을 제대로 들고 있을 수조차 없었다. 이미 프로스페로의 마법에 꼼짝 못 하게 된 뒤였다. 그는 칼을 손에서 떨어뜨렸다. 그러자 미란다가 프로스페로의 옷에 매달리며 애원했다.

"아버지, 제발 그러지 마세요. 이렇게 훌륭하신 분에게 왜 이러세요?"

프로스페로는 노한 음성으로 소리쳤다.

"비켜라! 내게 훈계를 하는 거냐! 너까지 혼나려고 그러느냐! 너는 남자란 나와 칼리반밖에 본 적이 없다. 세상에 저자보다 잘난 남자가 없는 줄 아느냐? 바보 같은 것! 다른 남자들과 비교한다면 저자는 칼리반 정도에 불과하다. 저자와 비교하면 다른 남자들은 모두 천사와 같단 말이다."

그러자 미란다가 말했다.

"아버지, 그렇다면 저는 정말로 겸손한 여자인가 봐요. 아버지가 그렇게 키워주신 덕분이지요. 저는 저이보다 더 훌륭한 사람을 만나고 싶은 욕심이 없어요."

프로스페로는 잘되어간다고 속으로 생각하며 페르디난드

에게 말했다.

"자, 어서 항복해라. 온몸에 힘도 다 빠졌으면서 대항하려 하느냐!"

그러자 페르디난드가 체념한 듯 중얼거렸다.

"아, 정말로 온몸이 꽁꽁 묶인 듯 꼼짝할 수가 없구나. 하지만 그런 건 아무래도 좋아. 힘을 잃고 감옥에 갇히더라도 창살 너머로 그녀를 매일 볼 수만 있다면 그걸로 충분해. 아, 나는 정말로 불효자인가! 아버지를 잃은 슬픔마저 그녀를 매일 볼 수만 있다면 다 잊을 수 있을 것 같다니! 그래, 저 넓은 세상은 자유로운 사람들이 가지라지. 나는 기꺼이 그녀 곁에 묶여 이곳에서 지내겠어. 그녀를 볼 수만 있다면 내게는 감옥이 온 세상만큼 드넓은 곳이 될 거야."

일이 순조롭게 되어간다고 생각한 프로스페로는 아리엘을 불렀다. 그리고 그에게 무언가를 은밀히 지시했다.

2

이제 우리 눈길을 섬의 다른 곳으로 옮겨보자. 숲 속 빈터에 알론소 왕이 누워 있고 그 옆에 곤잘로, 아드리안, 프란체스코 등 신하들이 서 있었다. 그들과 좀 떨어진 곳에서 알론소 왕의 동생인 세바스티안과 밀라노 공국의 공작인 안토니오가 자신들에게만 들릴 만한 목소리로 뭔가 조그맣게 속삭이고 있었다.

충직한 신하인 곤잘로가 왕을 위로했다.

"전하, 마음을 편히 가지십시오. 공연히 이런 말씀 드리는 게 아닙니다. 그럴 만한 충분한 이유가 있습니다. 우리가 생명을 건진 건 우리가 겪은 불행보다 훨씬 큰 행운이기 때문입니다. 바다에서는 매일 우리처럼 수많은 사람들이 불행을 겪습니다. 하지만 우리처럼 이렇게 목숨을 건진 경우는 백만 분의 일 정도에 불과합니다. 그러니 전하, 부디 편한 마음으로 불행과 행운을 저울에 달아보시기 바랍니다."

그러자 알론소 왕이 역정을 내며 말했다.

"제발 그만하시오. 내가 지금 마음이 편하게 생겼소?"

그러나 그만둘 곤잘로가 아니었다.

"전하, 닥쳐오는 슬픔을 그대로 다 맞아들이면 더 큰 슬픔이 닥쳐오는 법이랍니다."

"어허, 어지간한 잔소리꾼이로군. 제발 그만하래도!"

그러자 곤잘로 옆에 있던 아드리안이 말했다.

"전하, 이곳은 무인도 같습니다만, 그래도 공기도 맑고 땅도 부드럽고 아름답습니다. 바람도 상쾌하게 불고요."

아드리안이 옆에서 거들자 곤잘로가 용기를 내어 다시 말했다.

"전하, 우리가 입고 있는 옷을 보십시오. 바닷물에 흠뻑 젖었는데도 오히려 새것처럼 더 유기가 흐르고 염색도 새로 한 것 같습니다. 클레르빌 공주님 결혼식 때 입었던 것과 다름없이 새 옷 같습니다. 이건 아무리 보아도 무슨 좋은 일이…….”

듣다 못한 알론소가 일어나 앉으며 말했다.

“억지로 내 귀에 그런 소리 욱여넣으려고 하지 마시오. 정말 듣기 싫어. 내 딸아이 결혼식? 그건 결국 그 애를 잃은 것과 다름없지 않은가? 이탈리아에서 그렇게 멀리 떨어진 곳에 시집을 갔으니 언제 다시 볼 수 있단 말인가? 게다가 돌아오는 길에 아들까지 잃었으니……. 아, 나폴리와 밀라노를 이어받을 내 자식이 물고기 밥이 되다니…….”

그러자 프란체스코가 말했다.

“전하, 왕자님은 분명 살아 계실 것입니다. 왕자님이 파도를 헤치며 파도 등에 올라타 계신 것을 제 눈으로 똑바로 보았습니다. 왕자님은 밀려오는 집채 같은 파도를 가슴으로 받으시며 머리를 당당하게 쳐들고 헤엄을 치셨습니다. 맹렬한 기세로 섬의 언덕을 향하고 계셨고 마치 언덕이 왕자님을 맞으러 오는 것 같았습니다. 왕자님은 분명 섬에 상륙해 계실 것입니다.”

“아니야, 분명 익사했을 거야.”

그들의 대화를 듣고 있던 왕의 동생 세바스티안이 큰 소리로 말했다.

“전하, 이번 일은 자업자득입니다. 아니, 공주를 그 많은 유럽의 혼처를 마다하고 아프리카에 던져두고 오셨으니……. 공주로서는 추방당한 꼴 아닙니까? 저희가 제발 결정을 거두어달라고 얼마나 애원했습니까? 공주도 가기 싫은 마음과 효심을 저울질하며 얼마나 마음고생이 심했는지 잘 아시지요? 그 벌로 왕자님까지 변을 당하신 게 틀림없습니다. 이건 정말 전하의 잘못입니다.”

알론소 왕이 아무 대꾸도 못 하자 곤잘로가 세바스티안에게 말했다.

“말씀이 옳긴 하지만 지금은 그런 이야기 드릴 때가 아닌 것 같소. 고약을 붙여야 할 때 오히려 종기를 긁는 꼴 아닌가요?”

세바스티안이 “하긴 그렇군” 하고 중얼거리며 머쓱해서 물러나자 곤잘로가 다시 알론소에게 말했다.

“전하, 제가 이 섬을 개척한다면 어떻게 할 것 같습니까? 외람되지만 말씀드려보겠습니다. 저는 모든 일을 지금과는 반대로 처리하겠습니다. 어떠한 상거래도 없게 할 것이며, 관공서도 없앨 것입니다. 학문도 금지하고 빈부도 없애겠습니다.

계약, 상속, 소유, 경작지도 없을 것이며 직업도 없고 곡식을 기르거나 술을 빚거나 하는 일도 없을 것입니다. 남자들은 순전히 무위도식하고 여자들은 천진난만하게 지낼 것이며, 왕권 같은 것도 없앨 것입니다. 사람들에게 필요한 물건은 땀 흘리며 노력하지 않아도 모두 자연이 마련해줄 것입니다. 반역도 없고 살인이나 강도도 없으며 칼이나 창 같은 무기는 아예 필요조차 없을 겁니다. 자연이 풍요로운 곡식을 생산해서 국민들을 먹여 살릴 테니 천국이 따로 없을 것입니다."

그가 말하는 도중 세바스티안과 안토니오가 가끔 빈정거렸다. 그들은 "왕권 없이 왕 노릇을 하겠다고?" "원, 몽땅 없앤다니 국민들 간에 결혼도 없앨 건가?"라고 놀리더니 "곤잘로 만세! 국왕 전하 만세!"라고 큰 소리로 외쳤다. 참고 듣던 알론소 왕도 한마디 했다.

"제발 그만두시오. 이 판국에 쓸데없는 소리를 하고 있군."

왕의 말에 곤잘로도 입을 다물었다.

그들이 그런 식으로 저마다 절망하고 위로하고 빈정거리고 있을 때 프로스페로의 명을 받은 아리엘이 그들 머리 위에 나타났다. 물론 그들 눈에는 보이지 않았다. 아리엘은 세바스티안과 안토니오를 빼놓고는 모두 잠에 빠지게 만들었다.

알론소 왕을 비롯해 모두 갑자기 잠이 드는 것을 보고 세바스티안이 말했다.

"웬일들이지? 왜 갑자기 잠이 든 거야? 난 하나도 안 졸린데."

그러자 안토니오가 대답했다.

"땅기운 탓인가 보오."

"그럼 어째서 우리 두 사람은 졸리지 않은 거요?"

"글쎄요. 복잡하게 따지지 맙시다. 어쨌건 우리 둘만 멀쩡하게 깨어 있으니 내 하고 싶던 이야기를 좀 해야겠소."

"무슨 이야기를 하겠다는 거요?"

"글쎄, 이런 말을 입 밖에 꺼내도 될지 모르겠지만……. 당신 얼굴을 보니, 미래의 당신 모습이 눈에 보이는 것 같아서……. 기회란 놈이 당신에게 아첨을 하고 있는 것만 같단 말이오. 내가 본래 상상력이 풍부해서인지 몰라도, 당신 머리 위에 왕관이 씌어 있는 게 보인단 말씀이오."

세바스티안이 입을 떡 벌리고 놀란 눈을 했다.

"아니, 당신 지금 제정신이오? 꿈결에 잠꼬대하는 거 아니오? 그러고 보니 당신도 잠이 든 모양이군. 한데 참으로 묘한 잠이군. 두 눈 멀쩡히 뜨고 잠을 자다니."

"세바스티안, 잠든 건 내가 아니라 당신의 행운이라오. 잠들다 못해 아예 죽어버린 셈이라고 하는 게 낫겠군. 당신이야 말로 생시에 졸고 있는 셈이오."

"당신 계속 코를 골고 있군. 그래 분명히 잠자면서 코를 골고 있는 거야. 그런데 그 코 고는 소리에 무슨 뜻이 담겨 있는 것 같단 말이야. 어디 그 뜻을 한번 들어봅시다."

"그럼 솔직하게 말하리다. 저 건망증 심한 곤잘로가 아까 왕을 설득하다시피 했소. 하긴 설득의 달인인 데다 그게 직업이긴 하지만……. 뭐, 왕자가 무사하다고? 그게 말이 됩니까? 왕자가 익사하지 않았다는 건, 여기 잠들어 있는 사람들이 지금 수영하고 있다고 하는 것과 마찬가지로 도저히 말도 안 되는 소리요."

"나도 그렇게 생각하오. 왕자가 살아남았을 가능성은 없소."

그러자 안토니오가 무릎을 바싹 당기며 말했다.

"바로 그거요. 그럴 가망이 없으니 당신에게는 큰 꿈을 품을 기회가 왔단 말이오. 자, 왕자가 익사한 게 틀림없으니 나폴리 왕의 후계자는 누가 되겠소?"

"……."

"클레리벨 공주가 후계자가 되는 게 마땅하지만 튀니지가 어디 당장 달려올 수 있는 이웃인가요? 그 거리가 얼마나 멉니까? 그 거리가 이렇게 외치고 있는 셈이오.

'클레리벨이 어떻게 이탈리아로 되돌아온단 말인가? 클레리벨은 튀니지에 그냥 주저앉아 있어야지. 그 대신 세바스티안이 잠을 깨야지.'

저기 저 사람들, 모두 잠들어 있지요? 만일 저 잠이 죽음이라면? 결국 그 길이 저들의 운명이겠지만……. 지금 내 눈앞에 저들 대신 나폴리를 통치하실 분이 계시오. 그리고 곤잘로 못지않게 쓸데없는 말을 지껄일 나폴리 귀족들도 얼마든지 있습니다. 내가 길만 들여놓는다면 까마귀처럼 잘도 주절거리게 될 거요. 문제는 당신의 마음이지. 당신이 나와 같은 마음이라면 일은 다 된 건데……. 내 말 알아들으시겠소?"

"글쎄요. 갑자기 이런 생각이 드는군. 당신은 친형인 프로스페로의 자리를 찬탈했지요?"

"그렇소. 어떻소? 지금 옷이 내게 더 잘 어울리지 않소? 이 옷을 입고 나자 그때 동료였던 사람들이 모두 내 부하가 되었소."

"하지만 당신 양심은?"

"양심? 그런 게 어디 있소? 발끝에 걸린 동상 같은 건가요? 그렇다면 양말이라도 신겨야겠군요. 하지만 내 가슴에 그런 건 없습니다. 자, 여기 당신 형이 누워 자고 있소. 그가 그 아래 흙보다 나을 게 뭐요? 그냥 죽었다고 생각하는 겁니다. 당신이 그렇게 마음만 먹어준다면……."

그러면서 그는 단도에 손을 댔다.

"내가 이 칼로 이자를 영원히 재워놓을 수 있지요."

이어서 그는 곤잘로를 손가락으로 가리켰다.

"당신은 이 늙은 몸을 영원히 잠재워놓는 거고. 나머지 것들은 하나도 걱정할 필요 없소. 슬쩍 눈짓만 해도 그저 고양이가 우유를 핥듯이 우리의 발밑을……."

마침내 세바스티안이 눈을 빛내며 말했다.

"좋소. 나도 당신의 전례를 따르기로 하겠소. 당신이 밀라노를 손에 넣었듯이 나도 나폴리를 손에 넣겠소. 자, 칼을 빼시오. 당신의 칼이 번쩍이는 바로 그 순간, 지금까지 바쳐오던 조공은 면제해주겠소."

안토니오의 눈짓을 신호로 둘은 동시에 칼을 빼어 들고 잠들어 있는 사람들에게 천천히 다가갔다.

그 순간 아리엘이 다시 나타났다. 안토니오와 세바스티안이 알론소 왕 일행 곁으로 칼을 뽑아 들고 가는 모습을 본 아리엘은 속으로 중얼거렸다.

'참, 주인님 술수는 대단하다니까. 이 사람들이 위험하리라는 걸 어떻게 미리 안 거지? 암튼 이 사람들이 죽으면 주인님 계획은 다 틀어지는 거니까.'

아리엘은 곤잘로의 귀에 대고 노래를 속삭였다.

이렇게 세상모르고 자는 사이에
무서운 음모가 시퍼렇게 눈을 뜨고 있어요.
목숨을 소중히 여긴다면
어서 잠을 털고 일어나 사방을 경계해요.
일어나요, 일어나!
어서 일어나!

노랫소리에 곤잘로가 잠에서 깨어나며 말했다.

"아, 우리를 보호해주는 천사들의 노래였어! 전하, 그만 일어나십시오."

알론소 왕도 곧바로 잠에서 깨어났다. 그러자 그 앞에 안토니오와 세바스티안이 칼을 든 채 서 있는 모습이 보였다. 그는 놀라서 물었다.

"그대들은 왜 칼을 들고 있는가? 얼굴은 왜 그렇게 굳어 있는가? 도대체 무슨 일인가?"

세바스티안이 순간적으로 기지를 발휘해서 변명했다.

"저희가 잠들어 있는 전하의 호위를 서고 있는데 갑자기 사자인지 여우인지 짐승 울음소리가 들려서 이렇게 칼을 빼어 들었습니다. 그리고 곧장 전하를 깨워드린 겁니다."

"그런가? 나는 아무 소리도 못 들었는데……."

그러자 안토니오가 재빨리 말했다.

"깊이 잠드셔서 못 들으신 거겠지요. 마치 지진이라도 난 것처럼 우렁찬 소리였는데요. 제 생각에는 아무래도 사자 떼인 것 같았습니다."

그러자 왕이 곤잘로에게 물었다.

"경은 들었는가?"

"예, 무슨 콧노래 같은 게 들리긴 했는데……. 참 묘한 소리였는데……. 아무튼 저는 그 소리에 잠에서 깨어났습니다. 그리고 전하를 흔들어 깨워드린 것입니다. 제가 눈을 뜨고 보니 두 분이 칼을 들고 있었고……. 아무튼 무슨 소리가 난 건 틀림없습니다. 어서 이 자리를 뜨는 게 상책일 것 같습니다."

그러자 왕이 대답했다.

"좋소. 이 자리를 떠납시다. 그리고 왕자를 찾아봅시다."

왕의 말에 일행은 그 자리를 떴고 임무를 마친 아리엘도 프로스페로에게 보고하기 위해 하늘을 날아갔다.

이제 다시 우리의 눈길을 섬의 높은 곳으로 향해보기로 하자. 그곳에서 칼리반이 장작을 패고 있었다. 그는 도끼를 집어 던지고 신세타령을 했다.

"제길, 세상 온갖 험한 병이란 병은 모두 프로스페로에게 옮겨 붙어라. 그놈의 요정들이 나를 감시하는 통에 쉬지도 못하잖아. 툭하면 나를 꼬집고, 도깨비 모습으로 나타나 나를 놀라게 하고. 어떤 때는 원숭이로 둔갑해서 날 물어뜯기도 하고, 고슴도치가 되어서 내가 가는 길에 누워 있다가 내 맨발을 찌르기도 하고, 어떨 땐 독사로 변해서 나를 둘러싸고 혀를 날름

거리기도 한단 말이야. 다 그놈의 프로스페로가 시켜서 하는 일이지. 어이쿠. 저기 요정 한 놈이 오고 있네. 장작을 빨리 안 가져온다고 혼내려고 오는 거겠지."

칼리반은 몸을 숨기겠다는 생각에 땅바닥에 넙죽 엎드려 웃옷을 뒤집어썼다.

그러나 그가 발견한 것은 요정이 아니었다. 그는 나폴리 왕의 어릿광대인 트린쿨로였다. 그는 잔뜩 찌푸린 하늘을 보며 금방이라도 폭우가 쏟아질 것 같아 어디 몸을 숨길 만한 곳이 없을까 살피며 걸어오는 중이었다. 하늘을 바라보며 걸어오던 그는 땅바닥에 엎드려 있는 칼리반에게 걸려 넘어질 뻔했다.

그는 이게 뭔가 하며 칼리반이 덮고 있는 옷자락을 들쳤다. 칼리반은 트린쿨로가 자기를 괴롭히려는 요정이라고 생각하고 꼼짝 않고 있었다. 트린쿨로는 아까 무섭게 내리쳤던 벼락을 맞아 쓰러져 있는 섬사람이라고 생각했다. 그때 하늘에서 뇌성벽력이 쳤다. 트린쿨로는 다급한 마음에 비를 피해볼 생각으로 그 옷자락 밑으로 들어갔다.

트린쿨로가 옷자락을 들치고 안으로 들어오자 칼리반이 사정조로 말했다.

"아이고, 요정. 제발 나를 그만 좀 못살게 굴어요."

그런데 그의 말소리를 들은 것은 트린쿨로만이 아니었다. 마침 그 곁을 지나가던 궁정 요리장 스테파노가 들은 것이다. 그의 손에는 술 자루가 들려 있었는데 이미 거나하게 취해 있었다. 그는 이게 도대체 무슨 소리인가 하며 고개를 돌렸다. 그가 땅바닥을 살펴보니 윗도리 하나 아래에 다리가 넷이 삐죽 나와 있었다.

"이거 뭐야? 다리가 넷 달린 악마인가? 그렇다고 내가 겁낼 줄 알고? 이래 봬도 지옥에서 죽지 않고 살아나온 몸이라고! 그 폭풍우를 견디고 익사를 면했는데 저따위쯤이야!"

그때였다. 칼리반이 옷자락을 젖히고 얼굴을 내보이며 소리쳤다.

"아이고, 요정이 날 못살게 구네. 제발 그만 괴롭혀요! 앞으로는 장작을 제시간에 얼른 가져가겠어요."

갑자기 이상한 얼굴이 나타나며 고함을 질러대니 가뜩이나 술에 취해 있던 스테파노는 거슴츠레하게 풀린 눈으로 그를 바라보며 중얼거렸다.

"뭐야? 발작이 일어난 건가? 맞아. 그러니 저렇게 헛소리를 해대는 거야. 발작엔 술만 한 약이 없지."

스테파노는 비틀비틀 칼리반을 향해 가더니 그의 어깨를 붙잡고 그의 입에 술병을 갖다 대면서 큰 소리로 말했다.

"자, 이리 주둥이를 대. 아가리를 벌리라고. 이걸 마시면 제아무리 무서운 것도 떨쳐낼 수 있고 아주 다정한 친구도 만들 수 있는 법이야. 자, 한 번 더 입을 벌리라고."

칼리반은 술을 벌컥벌컥 들이킬 수밖에 없었다.

그런데 아직 땅바닥에 누워 있던 트린쿨로가 스테파노의 목소리를 들었다. 아무래도 익숙한 음성이었다. 그는 생각했다.

'아니, 이건 스테파노 목소리가 아닌가! 하지만 그는 바다에 빠져 죽었는데……. 그렇다면 저건…….'

그는 자기 옆에 누워 있는 자나, 스테파노 목소리를 가진 자나 모두 악마라고 생각하고 소리를 지르며 벌떡 일어났다. 순간 그의 두 눈이 스테파노와 곧바로 마주쳤다. 둘은 서로를 바라보며 놀란 입을 다물지 못했다.

"아니, 자네는 스, 스테파노……."

"자네는 트린쿨로……."

그때 이미 술에 취한 칼리반이 몸을 휘청거리며 일어났다.

술을 마시고 거나해진 칼리반은 스테파노 앞에 무릎을 꿇었다. 그가 천국의 술을 자신에게 가져다준 신으로 자기를 곤경에서 구해주었다고 생각했던 것이다. 그가 스테파노에게 말했다.

"나리의 술 자루에 대고 맹세합니다. 저는 이제부터 나리의 충실한 부하가 되겠습니다. 나리는 천국에서 내려온 분이시지요?"

그러자 스테파노가 대답했다.

"아무렴, 나는 달님에게서 내려왔지. 난 옛날부터 달 속에 살고 있었어."

"나리가 달님 속에 계신 걸 저도 봤습니다. 저는 옛날부터 나리를 숭배해왔습니다. 제가 이 섬을 모두 안내해드리겠습니다. 어디 샘물이 제일 좋은지도 안내해드리고, 생선도 잡아 오고 장작도 패 오겠습니다. 날 지금껏 잔뜩 부려먹은 그놈의 폭군 녀석, 염병에나 걸려라! 앞으로 작대기 하나 갖다주나 봐라."

트린쿨로는 술주정꾼 스테파노를 신처럼 생각하는 칼리반이 어처구니없는 괴물 같았다. 그러거나 말거나 칼리반은 계속 지껄여댔다.

"맛있는 사과가 잔뜩 달린 곳으로 나리를 안내하게 해주십시오. 땅콩도 듬뿍 캐 드리지요. 개암 열매가 지천으로 열린 곳도 제가 알고 있습니다. 도요새 새끼도 잡아다 드리지요."

스테파노가 칼리반에게 말했다.

"이제 그만 떠들고 어서 안내나 해. 이보게, 트린쿨로. 왕이고 왕자고 대신이고 모두 저세상으로 갔으니 이제 우리가 이 섬의 왕 아닌가?"

이어서 그는 칼리반을 향해 말했다.

"이봐, 이 술 자루 들어."

술 자루를 어깨에 걸친 칼리반은 노래를 부르며 비틀비틀 앞장서 걸었다.

이제는 고기도 안 잡고
장작도 패지 않을 거야.
설거지도 안 하고
청소도 하지 않을 거야.
새 주인을 만났으니
칼리반도 새 사람!
자유다, 만세!
자유 만세!

3

자, 이제 그들은 그들대로 길을 가도록 내버려두고 우리는 다시 프로스페로의 동굴 근처로 가보기로 하자. 한눈에 서로를 사랑하게 된 페르디난드와 미란다가 어찌 되었는지 여러분은 궁금하지 않은가?

페르디난드는 열심히 장작을 나르고 있었다. 프로스페로가 수천 개나 되는 통나무를 날라다 쌓으라는 엄명을 내렸기 때문이었다. 왕자의 신분, 아니 아버지가 죽은 게 거의 틀림없으니 왕일지도 모르는 신분에 그런 험한 일을 한다는 것이 불쾌할 수도 있었지만 그는 오히려 아주 즐겁게 일하고 있었다. 프로스페로는 그에게 더없이 가혹했지만 미란다는 상냥하기 그지없었기에 그는 마냥 행복했다. 그는 장작을 나르며 생각했다.

'아무리 천한 일이라도 생각하기에 따라서는 얼마든지 고상한 일처럼 여겨질 수 있어. 하찮아 보이는 일이 놀랄 만큼 훌륭한 결과를 가져올 수도 있고. 더욱이 그녀를 위해 하는 일이라고 생각하니 즐겁기까지 해. 그녀의 아버지는 냉정하고 가혹하지만 그녀는 얼마나 상냥한지. 일을 하면서 오히려 달콤한 생각에 젖을 수 있으니 일하는 동안이 제일 행복하다 할 수 있을 정도야.'

그가 흥겹게 힘든 일을 하고 있을 때 미란다가 동굴에서 나왔다. 프로스페로는 마법을 부려 그들에게 보이지 않게 변신한 채 동굴 문 앞에 서서 그들을 지켜보고 있었다.

미란다가 열심히 일하는 페르디난드를 안타까운 얼굴로 바라보며 말했다.

"제발 그렇게 너무 열심히 하지 마세요. 아버지가 쌓아 올리라고 명령한 저 통나무들이 모두 불타버렸으면! 제발 그만 앉아서 쉬세요. 아버지는 지금 안에서 열심히 공부하고 계세요. 한번 공부를 시작하시면 몇 시간은 꼼짝 안 하세요. 그러니 이제 쉬셔도 돼요."

그러자 페르디난드가 일을 멈추지 않은 채 대답했다.

"제 생각을 그렇게 해주시니 정말 고맙습니다. 하지만 아무리 열심히 해도 해가 지기 전까지는 맡은 일을 다 못 할 것 같습니다. 쉴 틈이 없어요."

"그렇다면 나리가 앉아 쉬시는 동안 제가 장작을 나를게요. 자, 그 장작을 이리 주세요."

"아이고, 무슨 말씀을! 당신이 힘들게 일하는 모습을 가만히 앉아 보고 있느니, 차라리 일하다가 힘줄이 끊어지고 등뼈가 부러지는 게 낫겠습니다."

"당신이 할 수 있는 일이라면 저도 할 수 있을 것 같아요. 오히려 제가 더 힘 안 들이고 쉽게 할 수도 있을 것 같다니까요. 당신은 아버지 명령 때문에 억지로 하지만 저는 당신을 위해 즐겁게 할 테니까요."

그 모습을 지켜보고 있던 프로스페로가 혼잣말을 했다.

'가여운 것, 단단히 사랑 병에 걸렸군. 어쨌거나 잘된 일이야.'

"제가 할 말을 당신이 하시는군요. 당신만 곁에 있어준다면 아무리 캄캄한 밤이라도 마치 신선한 아침처럼 상쾌하게 느낄 수 있어요. 그런데, 저……. 혹시 당신 이름을 알려주실 수 있겠습니까? 하느님께 기도할 때 당신 이름을 몰라서……."

미란다는 아무 생각 없이 자기 이름을 말해버렸다. 그러더니 깜짝 놀라며 입을 가리고 가볍게 소리쳤다.

"어머, 나 좀 봐. 아버지 당부를 잊어버리고 내 이름을 말해버리다니!"

그녀의 이름을 알아내자 페르디난드는 기쁨에 들떠 말했다.

"오, 미란다! 정말 아름다운 이름입니다. 당신의 비할 데 없는 아름다움과 너무 어울리는 이름입니다. 미란다! 세상에 둘도 없이 귀한 여인! 내가 한 여인에게 이렇게 완전히 사로잡힌 적은 없었습니다! 솔직히 말씀드리지요. 저는 살아오면서 많은 여인들을 만나보았습니다. 고운 목소리에 귀가 사로잡힌 적도 있고 아름다운 얼굴에 눈이 혹했던 적도 있었습니다. 하지만 그녀들 중 누구도 내 마음을 완전히 사로잡은 여인은 없었습니다. 장점 못지않게 결점도 많았기 때문입니다. 내가 진정으로 사랑한 여인은 한 명도 없었습니다.

아, 그런데 당신은! 당신은 너무 완벽합니다. 당신 같은 사람은 이 세상에 없습니다. 당신은 여자가 지닐 수 있는 온갖 미덕을 한 몸에 다 지니고 태어난 분입니다."

그러자 미란다가 두 눈을 반짝이며 말했다.

"저는 이 세상 여자가 어떤지 전혀 몰라요. 단 한 사람도 만나본 적이 없으니까요. 제가 본 여자 얼굴이라고는 거울에 비친 제 얼굴이 전부예요. 남자도 아버지와 당신밖에는 몰라요. 하지만 제가 가진 가장 소중한 보물인 제 순결에 대고 맹세하지만, 당신 말고 내가 좋아할 만한 사람을 내 마음속에 그려볼 수가 없어요."

그러더니 그녀는 다시 깜짝 놀란 표정을 지었다.

"어머, 내가 무슨 짓이지? 아버지 당부도 잊고 이렇게 버릇없이 조잘대다니……."

그러자 페르디난드가 결심이라도 한 듯 그녀에게 말했다.

"당신의 말을 들으니 내가 누구인지 정확히 밝혀야만 하겠습니다. 나는 나폴리의 왕자입니다. 아니, 그렇게 되지 않길 진정으로 바라고 있지만 이미 이 나라 왕인지도 모릅니다. 사실 장작을 나르는 이런 일에는 어울리지 않는 신분입니다. 하지만 당신을 본 순간부터 나는 당신을 위해서라면 무슨 일이든 할 수 있게 되었습니다. 당신이 원하기만 한다면 한달음에 달려갈 준비가 되어 있습니다. 당신이 바로 거기서 나를 지켜보고 있기에 이 장작 나르는 일도 참으며 즐겁게 할 수 있습니다."

미란다는 수줍은 듯 얼굴을 붉히며 말했다.

"그렇다면, 당신은, 당신은…… 절 사랑하세요?"

"오, 하늘이시여! 오 대지의 여신이시여! 제 말을 보증해주십시오! 만일 제 말이 거짓이라면 제가 맞이할 모든 행운을 온통 불행으로 만들어버리십시오! 미란다! 나는 이 세상 그 누구보다 당신을 사랑하고 아끼고 존중합니다."

미란다는 너무 기쁜 나머지 자기도 모르게 눈물을 흘렸다.

둘이 나누는 이야기를 곁에서 듣고 있던 프로스페로는 만면에 미소를 띠고 혼잣말을 했다.

"그래, 너무 아름다운 만남이야. 하늘이시여, 저 둘의 자손들에게 영원한 축복을 내려주십시오."

미란다가 눈물을 흘리는 모습을 보고 페르디난드가 다시 말했다.

"미란다, 당신! 왜 눈물을 흘리나요? 혹시 그대도 나를 사랑하기에 기쁨의 눈물을 흘리는 건가요? 그렇다면 그대는 내 사랑을 받아들이는 건가요?"

"그래요, 제 마음을 속일 생각일랑 않고 솔직히 말씀드릴게요. 천진난만한 어린아이처럼 수줍음도 무릅쓰고 말씀드릴게요. 당신이 저를 받아주신다면 전 당신 아내가 되겠어요. 당신이 아내로 받아들이지 않으신다면 당신의 종이라도 되겠어요."

그러자 페르디난드가 즉시 무릎을 꿇고 말했다.

"아, 나의 여왕님! 나는 이제 영원히 당신을 받들겠습니다. 자, 내게 손을 주십시오. 이건 맹세의 표시입니다."

미란다는 살며시 손을 내밀었고 페르디난드는 그 손에 입을 맞추었다.

그렇게 단둘이 미래를 약속한 후 미란다는 다시 동굴 안으로 들어갔고 페르디난드는 남은 일을 마저 하러 다시 장작더미가 쌓인 곳으로 갔다. 그러자 프로스페로도 기쁜 얼굴로 동굴 안으로 들어갔다. 그에게는 저녁 식사 전까지 해야 할 일이 있었다.

우리 눈길을 다시 한 번 칼리반 일행에게로 돌려보자. 옛 주인을 저버리기로 마음먹고 새로운 주인을 맞이한 칼리반은 과연 무슨 생각을 하고 있을까?

길을 재촉한 그들은 해안가 포구 근처, 한쪽은 완만하게 경사가 져 있고 다른 한쪽은 깎아지른 절벽인 곳에 도착했다. 절벽 한가운데에는 작은 동굴이 하나 있었다. 그들은 그 동굴 입구에 자리 잡고 앉아 술판을 벌였다.

술에 취한 칼리반이 스테파노에게 공손하게 말했다.

"제가 아까 말씀드린 것을 들어주시겠습니까?"

"이 천치 같은 괴물이 나를 계속 나리라고 부르네. 좋다. 그렇다면 어디 무릎 꿇고 말해봐라. 나는 서서 네 말을 듣겠다. 어이, 트린쿨로. 자네도 일어서게나."

그러자 칼리반은 즉각 무릎을 꿇었고 스테파노와 트린쿨로는 비틀거리며 자리에서 일어났다. 자, 이제 우리도 칼리반이 도대체 무슨 소리를 하는지 귀를 기울여보자.

아, 참, 잊을 뻔했다. 이런 자리에 아리엘이 안 나타날 리 없지 않은가? 아리엘은 트린쿨로 바로 옆에 와서 서 있었다. 그들의 눈에 아리엘이 보이지 않는다는 이야기는 더 이상 할 필요가 없지 싶다.

이윽고 칼리반이 입을 열었다.

"아까도 말씀드렸지만 저는 정말 지독한 놈의 종살이를 하고 있었습니다. 그놈은 마법사인데, 그 염병할 마법으로 제게서 이 섬을 빼앗아버렸습니다."

그러자 옆에 서 있던 아리엘이 트린쿨로의 목소리로 말했다.

"거짓말 마!"

그러자 칼리반이 트린쿨로를 돌아보며 말했다.

"무슨 소리야! 나는 거짓말 같은 건 안 해! 당신이나 거짓말 말라고! 원숭이같이 우스운 꼴을 해 가지고."

그러더니 스테파노를 향해 말했다.

"나리, 이런 사람을 왜 그냥 두시는 겁니까? 그냥 물어서 죽여버리시죠!"

스테파노도 트린쿨로를 향해 쓴 소리를 했다.

"이보게, 트린쿨로! 이 녀석 말을 방해하지 말라고! 또 그랬다가는 자네 이빨을 몇 개쯤 뽑아버릴 테니."

"난 아무 말도 안 했는데……."

"그럼 됐어. 앞으로도 아가리 닥치고 아무 말 말아. 자, 이 괴물아! 어서 이야기를 계속해봐."

"그러니까 나리께서 그놈에게 제 복수를 해주셨으면……. 나리라면 얼마든지 하실 수 있을 겁니다."

"그럼, 여부가 있나."

"그렇게만 해주신다면 나리를 이 섬의 왕으로 모시겠습니다. 저는 충실한 부하가 되고요."

"그래, 그러자면 어떻게 해야 하지? 그 패거리가 있는 곳으로 나를 안내해줄 수 있나?"

"물론이지요. 그놈이 잠들어 있을 때 안내해드리겠습니다. 그때 그놈 대갈통에 못을 박아버리면 만사 오케이지요."

그러자 아리엘이 다시 한마디 했다.

"허풍 떨지 마. 어림도 없어."

그러자 칼리반이 버럭 화를 내며 말했다.

"이런 빌어먹을 어릿광대 같으니라고! 나리, 제발 저 작자를 때려눕히고 술 자루를 빼앗아버리십시오. 술 자루를 빼앗아버리면 개울물밖에 못 마시게 될 겁니다. 제가 샘이 있는 곳을 가르쳐주지 않을 겁니다."

중요한 순간에 트린쿨로가 자꾸 끼어들자 스테파노도 화가 났다.

"너 정말 그럴 거야? 정말 내 손맛을 보고 싶다 이건가?"

트린쿨로는 억울했다.

"아냐, 난 한마디도 안 했어. 난 저만치 물러가 있겠네."

"자네가 자꾸 저 녀석이 거짓말한다고 했잖아."

그러자 아리엘이 또 끼어들었다.

"거짓말하지 마."

드디어 스테파노가 폭발했다. 그는 주먹을 들어 어릿광대를 한 대 내리쳤다. 트린쿨로는 억울했지만 툴툴거리며 뒤로 물러설 수밖에 없었다. 스테파노가 칼리반에게 이야기를 계속 해보라고 재촉했다.

"저놈의 어릿광대 때문에……. 제가 어디까지 말씀드렸죠? 아, 맞다, 놈이 잠잘 때 해치우자고 했지요? 그렇습니다. 그놈은 늦은 오후에는 언제나 낮잠을 잔답니다. 그때 그놈의 책을 빼앗기만 하면 됩니다. 그러면 골통을 빠개놓을 수도 있고 식칼로 모가지를 뎅겅 잘라버릴 수도 있지요. 그 책만 없으면 놈은 나랑 마찬가지로 그냥 바보일 뿐이에요. 요정들도 부릴 수 없게 되지요. 요정들도 그놈을 미워하고 있으니 그 책만 없으면 다 우리 편입니다.

그뿐이 아닙니다. 놈에게는 딸이 하나 있는데 아주 예쁘답니다. 놈이 보물처럼 아끼지요. 내가 본 여자라야 우리 어머니

시코락스와 그 여자뿐이지만 정말 하늘과 땅 차이랍니다."

스테파노가 침을 꿀꺽 삼켰다.

"그래? 그렇게 근사한 아가씨란 말이지?"

"그럼요. 나리한테 딱 어울리지요. 아주 듬직한 아이도 낳아줄 겁니다."

"좋아. 내가 그놈을 없애버리고 나와 그놈 딸은 왕과 왕비가 될 테다. 그리고 네놈과 트린쿨로는 부왕(副王)으로 삼겠다. 어이, 트린쿨로, 우리 계획에 찬성하나?"

트린쿨로가 찬성한다고 하자 스테파노가 그에게 손을 내밀며 손찌검한 것을 사과했다. 그러자 칼리반이 프로스페로가 반 시간 내로 잠들 것이라며 서두르자고 했고 그들은 함께 길을 나섰다.

그 모든 것을 지켜본 아리엘은 프로스페로에게 가서 보고해야겠다 생각하고 북을 두드리고 노래를 부르며 그들보다 앞장섰다. 그 노랫소리를 들은 스테파노가 이게 도대체 누가 부르는 노래냐며 조금 겁에 질린 표정으로 주위를 둘러보자 칼리반이 말했다.

"무서워하실 것 없습니다. 이 섬에서는 언제나 듣기 좋은

「**스테파노, 트린쿨로와 칼리반** Stefano, Trinculo and Caliban」

독일 화가 요한 람베르크의 1791~1803년 작품. 트린쿨로는 왕실 어릿광대다. 어릿광대는 고대 이집트 왕실에서부터 존재했으며, 고대 로마에는 빌라트로(balatro)라는 전문 어릿광대가 있었다. 유럽 각국 왕실에서는 오랫동안 어릿광대를 두었는데 그들은 음악, 이야기, 몸짓 코미디를 선보였으며 곡예나 마술도 했다. 18세기 들어 스페인, 러시아, 독일을 제외하고 모두 사라졌다.

음악이 들려온답니다. 어떤 땐 악기 소리가 귓가에서 울리기도 하고 어떤 때는 실컷 자고 깨어났는데 다시 솔솔 잠이 오게 만드는 노래가 들리기도 하지요. 그러다 잠이 들면 하늘에서 보물이 쏟아져 내리는 꿈을 꾸다가 깨어나기도 한답니다."

"좋아. 아주 근사한 왕국이 되겠어. 자, 미래의 내 왕국을 위해 힘차게 전진!"

아리엘이 그들 앞에서 작은 북을 두드리며 피리를 불었고 그들은 그 소리를 따라갔다.

자, 이번에는 왕자를 찾겠다며 숲 속을 떠난 알론소 왕 일행에게 눈길을 돌려보자. 그들은 섬 중앙을 향해 오랫동안 걸어가 마침내 프로스페로의 동굴 위 절벽 꼭대기에 이르렀다. 그곳에는 라임나무 숲이 우거져 있었다.

너무 오래 쉬지 않고 걸었기에 나이가 든 곤잘로가 제일 먼저 지쳐서 그만 쉬었다 가자고 했다. 지쳐 있던 알론소 왕도 그 자리에 주저앉으며 말했다.

"경이 나이가 들어서 그렇소. 나도 정말 지쳤소. 정신이 다 혼미해지는군. 이제 정말 단념해야할 것 같소. 왕자는 익사한

게 틀림없소. 왕자를 삼킨 바다는 이렇게 왕자를 찾아 헤매는 우리를 비웃고 있겠지."

일행과 좀 떨어진 곳에 있던 안토니오와 세바스티안이 낮은 목소리로 소곤거렸다.

"저것 보시오. 왕이 단념하는 걸 보니 다 됐소. 당신 한 번 실패했다고 포기한 건 아니겠지요?"

안토니오가 묻자 세바스티안이 화답했다.

"여부가 있소. 다음 기회를 노립시다."

"오늘 밤에 해치웁시다. 다들 너무 걸어 지쳐 있으니 경계도 심하지 않을 겁니다."

세바스티안이 고개를 끄덕였고 둘은 의미심장한 미소를 주고받았다.

그때였다. 어디선가 야릇한 음악이 엄숙하게 들려오기 시작했다. 모두들 눈을 휘둥그레 뜨고 고개를 들어 사방을 둘러보았지만 아무도 보이지 않았다. 하지만 절벽 꼭대기에 프로스페로가 서 있다는 것을 눈치 빠른 독자라면 이미 알고 있을 것이다. 그는 마법으로 사람 눈에 보이지 않게 변신한 상태였다.

모두 어안이 벙벙해 있는데 이번에는 사람인 것 같기도 하고 아닌 것 같기도 한 이상한 형체들이 진수성찬이 차려진 식탁을 들고 나타났다. 그들은 잔칫상 주위를 춤추듯 돌면서 일행에게 공손히 인사한 후 이내 사라졌다. 일행은 방금 나타났다 사라진 형체들이 도대체 무엇인지 궁금해서 살아 있는 인형이라는 둥, 섬사람들이 나타났다 사라진 것이라는 둥 왈가왈부했다. 하지만 그들이 누구건 음식은 고스란히 남아 있었다. 알론소 왕이 결심한 듯 말했다.

"어찌 되었건 식사는 하고 봅시다. 이것이 내 최후의 식사가 되더라도 상관없소. 이미 내 삶은 끝난 것 같은 기분이 드니까. 자, 다들 용기를 내서 식탁으로 갑시다."

왕의 말에 다들 식탁에 둘러앉았을 때였다. 갑자기 하늘에서 번개가 치고 천둥이 울렸다. 그와 함께 거대한 몸집을 한 괴상한 새가 한 마리 나타나더니 날개로 식탁을 쳤다. 그러자 상 위에 있던 음식들이 한순간에 사라져버리는 것이 아닌가!

그 괴상한 새는 바로 아리엘이 변신한 것이었다. 새의 모습을 한 아리엘이 일행을 향해 큰 소리로 외쳤다.

"너희 세 죄인 놈들아! 이 세상을 지배하는 운명의 신께서 아무리 먹어도 배부를 줄 모르는 저 바다가 너희를 토해내게 하신 거다. 너희는 인간 사회에 살 자격이 없기 때문에 이 무인도에 토해놓게 하신 거다. 나는 이제 너희를 미치광이로 만들 것이다. 너희는 미쳐 날뛰다가 스스로 목을 매거나 바다에 뛰어들게 되리라."

괴조가 사람의 말로 그들을 꾸짖자 알론소와 안토니오, 세바스티안 세 명은 일제히 칼을 뽑아 들고 새에게 달려들려고 했다. 하지만 그들은 그 자리에서 꼼짝하지 못했다. 프로스페로가 그들에게 마법을 걸어놓았기 때문이다.

아리엘이 계속 우렁찬 목소리로 말했다.

"이 바보들아! 운명이라는 말을 못 들었느냐! 나는 운명의 신을 섬기고 있는 존재다. 너희의 칼로 내 깃털 하나 상하게 할 수 있을 것 같으냐? 너희가 감히 바람에 상처를 낼 수 있겠으며, 저 흘러가는 물을 동강낼 수 있겠느냐? 나는 불사신이다. 나를 공격하는 대신 너희를 되돌아보아라. 너희 세 놈의 악당은 무고한 프로스페로와 그의 어린 딸을 밀라노에서 추방하지 않았느냐? 그들을 바다에 던져버리지 않았느냐? 바다가 너희의 악행을 잊지 않고 있다가 복수를 한 것이다. 알론소! 네 아들도 신들이 빼앗아 가셨다. 신들이 네게 그것을 알리라고 내게 명령하셨다. 너희는 죽음보다 더 괴로운 파멸의 고통을, 절대로 쉽게 끝나지 않는 파멸의 고통을 맛볼 것이다! 그 벌을 피하려면 진심으로 후회하며 순수하게 살아가는 것 밖에는 방법이 없다!"

말을 마친 아리엘은 천둥 속으로 사라졌다. 그러자 다시 고요한 음악이 흐르더니 식탁을 들고 왔던 기이한 형체들이 나타나 식탁을 들고 사라졌다.

그 모든 광경을 지켜보던 프로스페로가 혼잣말을 했다.

"흠, 아리엘이 근사하게 일을 처리했구나. 내가 시킨 말을 하나도 빼놓지 않았어. 이제 내 마법의 힘에 이들은 광기에 빠져들 것이고 내 손아귀에 놓일 거야. 자, 이들은 그렇게 미쳐 날뛰게 놔두고 이제 페르디난드와 내 딸에게 가봐야겠다."

프로스페로가 사라진 뒤 알론소가 실성한 모습으로 외쳤다.

"오, 기이하구나, 기이해! 저 파도가 입을 열어 내가 지은 죄를 말하고 바람이 그 일을 노래하고 있구나! 저 으르렁거리는 천둥은 프로스페로의 이름을 울부짖으며 내 죄를 비난하고 있구나! 아, 내 죄로 인해 내 아들은 바다 밑에 묻혀버렸어! 그래, 나도 저 깊은 곳으로 따라가 묻힐 거야!"

말을 마친 그는 바다 쪽으로 달려가기 시작했다. 그러자 역시 광기에 휩싸인 세바스티안이 이렇게 외치며 뒤를 따랐다.

"자, 덤벼라! 얼마든지 덤벼!"

안토니오도 제정신을 잃고 소리치며 쫓아갔다.

"내가 도와드릴 거야!"

그 모습을 보고 있던 곤잘로는 너무 지친 나머지 뒤따라가지 못한 채 중얼거렸다.

"세 사람 다 실성한 모양이로구나. 전에 저지른 크나큰 죄가 이제야 곪아터져 그들의 양심을 찌르는구나."

이어서 그는 옆에 있는 사람들에게 말했다.

"이보시오, 당신들. 당신들이 어서 좀 뒤쫓아 가보시오. 가서 저들을 좀 막아주시오. 저렇게 실성해 있으니 무슨 일을 저지를지 모르겠소."

곤잘로를 제외한 대신들은 세 사람을 쫓아가기 시작했다.

4

이곳은 다시 프로스페로의 동굴. 프로스페로가 페르디난드, 미란다와 함께 동굴에서 나오고 있다. 그런데 분위기가 아까와는 아주 달랐다. 프로스페로가 페르디난드에게 아주 온화한 표정을 짓고 있었던 것이다. 무슨 일이 벌어진 것일까? 직접 프로스페로의 말을 들어보기로 하자.

"내가 자네에게 너무 심하게 대했지? 섭섭해하지 말게나. 그 대가로 내 생명과 다름없는 내 딸을 자네에게 준 것 아닌가? 내 딸을 향한 자네 사랑을 확인해보려고 그런 것이니 이해해주게. 자네는 그 시험을 아주 잘 이겨낸 거야. 자, 이제 내 딸을 자네에게 정식으로 넘긴다고 하느님 앞에서 맹세하겠네.

내 딸이라기보다는 정말 소중한 내 보물일세. 자기 딸을 너무 자랑한다고 비웃지 말게. 자네가 차차 알게 되겠지만 어디 흠 잡을 데 하나 없는 아이일세. 아무리 칭찬해도 과하지 않아."

페르디난드가 황송한 표정을 지으며 어쩔 줄 몰라 했다. 그러자 프로스페로가 말을 이었다.

"하느님 앞에서 맹세했으니 믿어도 되네. 자네에게 그럴 만한 자격이 있어서 이런 행운이 찾아왔다고 생각하고 내 딸을 받아주게. 하지만 조건이 있어. 정식으로 성대한 결혼식을 올리기 전에는 그 애의 순결을 지켜주어야 하네. 만일 안 그러면 하느님이 축복을 내리시기는커녕 서로 미워하게 만드실 거네. 후손도 없을 것이며, 침실에는 보기 흉한 잡초들이 우거져 둘 다 침실을 싫어하게 될 거네. 그러니 결혼의 여신이 화촉을 밝혀주시기 전까지는 조심하기 바라네."

그러자 페르디난드가 대답했다.

"저는 우리 사랑이 영원하기를 바랍니다. 서로 사랑하는 가운데 훌륭한 자손들이 우리 집안을 이어가기를 원합니다. 아무리 어두운 굴속에 단둘이 있게 되더라도, 아무리 기회가 좋더라도, 악마가 아무리 강하게 유혹하더라도, 절대로 그날 맞이할 최고의 행복과 기쁨을 훼손하는 짓은 하지 않을 것입니다. 해가 발이 묶여 저리 더디 가나, 밤의 신은 어디에서 잠을 자기에 이렇게 빨리 오지 않나 하고 애타게 그날을 기다릴 것입니다."

"그래, 그래야지. 자, 이제 저 애는 자네 것이니 둘이서 함께 정겨운 이야기를 나누도록 하게. 나는 할 일이 있으니."

프로스페로의 말이 끝나자 두 연인은 조금 떨어져 있는 바위로 두 손을 잡고 걸어갔다. 그들이 바위 위에 앉는 것을 보자 프로스페로는 요정 아리엘을 불렀다. 그러자 즉각 아리엘이 대령했다.

"부르셨습니까, 주인님. 무슨 분부라도 있으신지요?"

"아까 너와 네 부하들이 아주 멋지게 연기를 해냈어. 한 번 더 수고해주어야겠다. 난 저 애들을 축복해주고 싶다. 저 애들의 앞날을 사랑과 풍요의 여신들이 축하해주는 모습을 저 애들에게 보여주고 싶어. 어서 네 부하들을 불러서 연극을 해라."

아리엘이 잘 알았다고 대답하고 물러가자 프로스페로는 두 연인을 가까이 오라고 불렀다. 페르디난드와 미란다가 프로스페로 옆으로 오자 곧이어 여신들로 변장한 요정들이 나타나

한바탕 짧은 공연을 벌였다. 독자 여러분도 잠시 편한 마음으로 그 연극을 구경하도록 하자.

헤라 여신의 시종이며 무지개의 여신인 이리스가 헤라 여신의 명을 받고 나타나서 오곡의 여신 케레스를 부르고 있다.

"풍요의 여신 케레스! 온갖 곡식이 자라는 밭과 꽃이 만발한 들판의 여신이여, 어서 이곳으로 와서 노닐어줘요. 그대가 즐겁게 노래하며 노는 모습을 헤라 여신에게 보이도록 해요. 헤라 여신이 그대를 만나러 오고 있으니 어서 나와서 우리의 주인인 헤라 여신을 맞아요."

이리스의 말이 끝나자 하늘에 헤라 여신이 탄 마차가 나타나고 케레스 여신이 등장했다. 케레스가 이리스에게 물었다.

"헤라 여신의 말씀을 언제나 따르는 일곱 색깔 무지개 여신이여! 나의 자랑스러운 대지 위에 아름다운 목도리를 둘러주는 여신이여! 그대 여왕님이 무슨 일로 나를 이 푸른 초원 위로 부르셨나요?"

"진정한 사랑의 맹세를 축하해주고, 두 연인에게 아낌없이 선물을 주시기 위해 오신 거랍니다."

이리스의 말이 끝나자마자 헤라 여신이 마차에서 내리면서 케레스에게 말했다.

"내 동생, 오곡의 여신, 잘 있었는가? 나와 함께 노래를 부르며 두 남녀가 행복하기를, 자식들도 복을 받기를 빌어주지 않겠는가?"

"당연히 그래야지요."

그러자 헤라 여신이 먼저 노래를 불렀다.

부귀가 이들과 함께하리라!
온갖 행복 다 누리고 매일 기쁨이 있으리라!
장수하며 자식들이 복된 것을 기뻐하리라!
나, 헤라가 그들을 축복하노라!

그러자 케레스가 노래로 화답했다.

대지는 풍년을 노래하고
곳간마다 곡식이 넘치리라!
나무마다 과실이 주렁주렁 열려

그 가지가 휘어지리라!

수확의 기쁨을

곧이어 찾아온 봄이 이어 가리니,

결코 부족함이나 궁핍은 없으리라!

그대들, 나 케레스의 축복을 받으리라!

그러자 이번에는 이리스가 노래하듯 말했다.

저 개울에서 화환을 쓰고 노니는 님프들아,

여왕님의 부름에 응하여 이곳 잔디밭으로 오너라!

순결한 님프들아, 어서 이리로 와서

이 진정한 사랑의 약속을 축하해주어라!

팔월의 햇볕 아래 낫을 들고 수확하는 농부들아,

어서 이리로 와서 즐겁게 놀아라.

밀짚모자를 쓴 채

님프들의 손을 잡고 그들과 함께 흥겨운 춤을 추어라!

그러자 님프들과 농부들이 등장해서 아름다운 춤을 추기

시작했다. 페르디난드와 미란다는 황홀경에 빠져 그 모습을 바라보고 있었다.

그런데 음악이 멈추고 춤이 끝날 무렵, 프로스페로가 갑자기 심각한 표정을 지으며 혼잣말을 했다.

"이런, 내가 너무 흥에 겨워 잊고 있었군."

그러자 한바탕 신나게 연극을 하던 요정들이 거짓말처럼 일순간 모두 사라졌다.

프로스페로가 계속 혼잣말을 했다.

"그래, 그 짐승 같은 칼리반과 공모자들이 내 목숨을 노리고 있다고 했지? 놈들끼리 공모한 시각이 다 되었군."

갑자기 사나운 얼굴로 변한 프로스페로를 본 페르디난드와 미란다는 그가 왜 돌변했는지 몰라 어리둥절한 표정으로 옆에 서 있었다. 그러자 프로스페로가 입을 열었다.

"이보게, 페르디난드. 그렇게 놀랄 것 없네. 이제 잔치는 끝났어. 자네가 본 연극은 요정들이 벌인 거라네. 그들 모두 이제 공기 속으로 사라진 거지. 실은 세상사가 모두 그렇다네. 저 구름을 뚫고 솟아오른 탑도, 찬란한 궁전도, 장엄한 사원도, 이 대지 자체도, 아니 그뿐 아니라 이 지상의 모든 것들이 지금 본 광대극처럼 한순간에 사라져 흔적조차 남기지 않는 법이라네. 모두 가상으로 이루어진 환상일 뿐이지. 우리 육신이라는 것은 꿈처럼 허망한 물질로 되어 있고 우리의 하찮은 인생도 잠에 둘러싸여 있는 것이라네.

내가 조금 흥분했군. 좀 괴로운 일이 있어서 그렇다네. 노인네가 망령이 들었다고 생각하면 될 거야. 자, 이제 동굴 안 내 암실로 들어가 좀 쉬도록 하게. 나는 한 바퀴 돌면서 마음을 좀 진정시켜야겠네."

프로스페로의 말에 두 남녀는 공손히 인사한 후 동굴 안으로 들어갔다.

잠시 후 프로스페로가 다시 아리엘을 불렀다.

"주인님, 부르셨습니까? 이번엔 무엇을 할까요?"

"아리엘아, 칼리반이 곧 오겠지? 이제부터 그놈들을 맞을 준비를 해야겠다. 그놈들을 어디로 데려다놓고 왔느냐?"

"아까도 말씀드렸지만 그놈들은 술에 취해 얼굴이 벌개져서 기세 좋게 이쪽으로 오고 있었습니다. 제가 그 앞에서 작은 북을 울리자 망아지처럼 귀를 쫑긋 세운 채 눈을 치켜뜨고 코를 킁킁거리며 따라오더군요. 마치 음악을 냄새 맡는 것 같더라고요. 제가 그놈들을 홀려서 이리저리 끌고 다녔습니다. 가시가 잔뜩 달린 나무 덤불 속을 끌고 다녔으니 온몸에 상처투성이지요. 그런 후 놈들을 저 건너 썩은 웅덩이에 빠지게 만들어놓았습니다. 그놈들의 더러운 발 냄새보다 더 지독한 냄새가 푹푹 풍기는 웅덩이지요."

"잘했어. 아주 잘했어. 그럼 이제 저 안으로 들어가서 내가 준비해둔 화려한 옷들 있지, 그걸 가지고 와라. 놈들을 꾀어 잡을 미끼로 써야겠다. 아 참, 너 여전히 사람들 눈에 안 보이게 해야 한다."

아리엘이 동굴 안으로 들어가자 프로스페로가 중얼거렸다.

"악마 같은 칼리반 놈! 타고나길 그러니 아무리 애를 써도 본성을 못 고치는구나. 그렇게 정성 들여 키웠건만 아무 소용이 없으니! 어쨌든 놈들이 아우성치며 싹싹 빌 때까지 버릇을 좀 고쳐놔야겠다."

잠시 후 아리엘이 번쩍이는 화려한 옷들을 들고 동굴에서 나왔다. 프로스페로는 그 옷들을 라임나무 위에 걸어놓으라고 한 뒤, 마법으로 자신의 몸이 남들 눈에 보이지 않게 했다.

얼마 후 칼리반과 스테파노, 트린쿨로가 시궁창 물에 흠뻑 젖은 몸으로 나타났다. 앞장서 걷고 있던 칼리반이 뒤를 돌아보며 말했다.

"제발 눈이 없는 두더지에게도 안 들릴 만큼 살금살금 걸어오십시오. 이제 거의 동굴에 다 왔습니다."

그러자 스테파노가 말했다.

"이 괴물아! 네 말 이제 못 믿겠다. 요정들은 우리 편이라더니, 우리를 이렇게 골탕 먹이지 않았느냐?"

트린쿨로도 질세라 한마디 했다.

"이 괴물아, 온몸에서 말 오줌 냄새가 나서 도저히 못 견딜 지경이다."

"맞아, 내 코도 그래. 게다가 술 자루도 그놈의 웅덩이에서 잃어버렸잖아. 냄새는 견딘다 해도 그 술 자루는 어떡할 거냐? 네놈 이러고도 성할 수 있을 것 같으냐? 내 손에 죽어볼래?"

그러자 칼리반이 땅에 넙죽 엎드리며 애원했다.

"아이고, 나리. 제발 용서해주십시오. 어마어마한 걸 두 손에 쥐어드릴 테니 이깟 재앙쯤은 금세 잊으실 수 있을 겁니다. 그러니 제발 조용조용 말씀해주세요. 주위가 이렇게 잠잠하잖아요. 자자, 이제 다 왔습니다. 여기가 바로 동굴 입구입니다. 쉿, 조용히. 쥐도 새도 모르게 해치워버리고 나리는 이 섬의 왕이 되시는 겁니다. 저는 충직한 부하가 되는 거고요."

"좋아, 악수하자. 잔인한 짓을 저지르려면 마음의 준비를 해야지."

그때였다. 트린쿨로가 나무에 걸려 있는 옷들을 발견했다.

"어이구, 우리 스테파노 왕! 정말 귀하신 스테파노 님이로군! 이거 너무 좋은 옷들이 자네를 기다리고 있네."

그러자 칼리반이 그를 노려보며 낮은 목소리로 말했다.

"이런 멍텅구리! 그런 건 내버려둬! 그건 아무것도 아니야!"

그러나 트린쿨로는 그중 가장 화려한 옷을 몸에 걸치며 말했다.

"이놈의 괴물아! 이게 왜 아무것도 아니란 말이냐? 우리는 고물상에서 파는 옷만 입고 지냈단 말이다."

그가 옷을 입고 좋아서 폴짝폴짝 뛰자 스테파노가 소리쳤다. 이제 조용이고 나발이고 없었다.

"어서 그 옷 썩 벗지 못해! 그 옷은 내 거야. 내가 입을 거야. 내가 왕이잖아!"

트린쿨로가 아까운 표정으로 옷을 벗어 스테파노에게 건네주었다.

그러자 칼리반이 혀를 차며 말했다.

"아니, 이따위 시시한 것들에 그렇게 눈이 멀면 어쩝니까? 자, 어서들 가서 해치우자고요. 만일 그놈이 눈을 뜨는 날이면 우리 온 몸을 꼬집고 비틀어서 뭐가 뭔지 모르게 만들어버린다니까요."

그러나 이미 옷에 눈이 먼 스테파노와 트린쿨로의 귀에 칼리반의 말이 들어올 리 없었다. 스테파노가 말했다.

"야, 이 괴물! 입 닥치지 못해! 아이고, 이렇게 좋은 옷들을 걸치신 라임나무 아가씨, 그 털조끼를 벗어 제게 주실 수 있겠습니까? 그건 이제 제 옷인데요."

그러자 트린쿨로가 약간 몸을 떨면서 말했다.

"그렇고말고! 나리 뜻이라면 우리는 시뻘건 대낮에도 도둑질을 해야지."

"거참, 고마운 말이네. '시뻘건 대낮에도 도둑질을 한다.' 그거 참 명언이야. 상으로 자네에게도 옷을 하나 주지."

둘은 나무에 걸린 옷들을 모두 걷어냈다. 그런 후 스테파노가 칼리반에게 말했다.

"자, 어서 이 옷들을 등에 져라. 이걸 지고 술통을 찾으러 가야겠다."

칼리반은 할 수 없이 옷을 등에 지면서 툴툴거렸다.

"애고, 이러자고 한 일이 아닌데. 이러다가 그놈에게 들켜 모두 흉악한 원숭이로 변해버리고 말겠군."

그때였다. 갑자기 컹컹하고 사냥개 짖는 소리가 들리더니 개들이 일제히 세 사람에게 달려들었다. 요정들이 변신한 사냥개들이었다. 프로스페로와 아리엘이 "멍멍아!" "누렁아!" 하고 이름을 부르며 개들을 부추겼다. 칼리반과 스테파노, 트린쿨로는 개들에게 쫓겨 정신없이 도망쳤다.

5

그들이 개들, 아니 사실은 요정들에게 쫓겨 허겁지겁 달아난 뒤 프로스페로는 아리엘과 함께 동굴로 들어갔다가 잠시 후 밖으로 나왔다. 프로스페로는 마법사의 옷으로 갈아입고 있었다. 그는 고개를 끄덕이며 중얼거렸다.

"그래, 모든 게 계획대로 잘되어가고 있군. 마법도 잘 듣고 요정들도 시키는 대로 잘하고 있어."

이어서 그가 아리엘을 보고 말했다.

"아리엘아, 왕과 그 일행은 어찌 되었느냐?"

"말씀하신 대로 한곳에 모아놓았습니다. 모두 마치 포로처럼 라임나무 아래 앉아 있습니다. 왕과 왕의 동생, 그리고 주인님 동생은 거의 미치광이가 되어 있고 나머지 사람들은 그 모습을 보며 한탄하고 있어요. 주인님께서 '착한 노인 곤잘로'라고 부르시는 양반은 고드름 같은 수염 끝에서 눈물이 흐를 정도로 슬퍼하고 있지요. 정말 주인님 마법의 위력은 대단합니다. 어찌나 비참하고 불쌍한 모습인지 주인님도 그들을 본다면 마음이 누그러지실 겁니다."

"아리엘아, 네게도 그런 생각이 든단 말이냐?"

"저야 요정이니까 그럴 정도는 아닙니다만, 만일 제가 인간이었다면 아마 그랬을 겁니다."

"그래, 네 말대로 나도 그렇게 느낄 것이다. 공기에 불과한 너까지 그들이 겪고 있는 고통을 동정하는데 그들과 같은 인간으로서 희로애락을 느끼는 나야 오죽하겠느냐? 그자들이 저지른 흉악한 짓을 생각한다면 지금도 분노가 치솟지만 내 이성의 힘으로 억누르고 있다. 희로애락을 가진 인간에게서 가장 고귀한 감정은 바로 자비심이 아니겠느냐? 그자들이 진정으로 뉘우치고 있다면 더 이상 분노가 이끄는 대로 가면 안 된다.

얘야, 가서 그들을 풀어줘라. 나도 이제 그들에게 걸어놓은 마법을 풀어줘야겠다. 제정신이 돌아와 정상적인 사람이 되게 해야겠어. 자, 그들을 이리로 데려오너라."

아리엘이 명령을 받고 사라지자 프로스페로는 마법 지팡이로 바닥에 커다란 원을 그리면서 엄숙한 목소리로 말했다.

"자연 곳곳에 숨어 있는 정령들아! 이 자연의 천변만화를 낳는 정령들아! 나는 너희의 힘을 빌려 한낮에 태양빛을 흐리게 하고 사나운 바람을 불러내기도 했다. 저 푸른 바다와 창공이 번갯불을 번쩍이며 서로 싸우게 만들기도 하고 으르렁거리는 천둥을 불러오기도 했다. 저 바다를 온통 뒤흔들어놓기도 했으며 거대한 소나무와 삼나무를 뿌리째 뽑아버리기도 했다. 무덤조차 내 명령에 복종해서 입을 벌리고 그 속에서 잠자던 시체를 깨워 다시 밖으로 내보내기도 했다.

오, 마법의 강력한 힘이여! 그러나 이제 그만 마법을 포기할 때가 되었다. 저들을 일깨울 수 있는 것은 마법이 아니다. 나는 이제 저들에게 신성한 음악을 들려줄 것이다. 그 음악이 그들의 정신을 일깨우리라. 나는 이제 마법 지팡이를 꺾어버리겠다. 저 마법의 책들을 깊은 바닷속에 묻어버리겠다."

그때 아리엘이 알론소 왕 일행을 유인해 왔다. 곤잘로가 실성한 알론소 왕을 부축하고 있었고 아드리안과 프란체스코가 각각 세바스티안과 안토니오를 부축하고 있었다. 그들은 모두 주문에 걸려 프로스페로가 그려놓은 원 안으로 들어가 섰다. 프로스페로의 마법으로 장중한 음악이 울려 퍼지기 시작했고 그러자 프로스페로가 엄숙한 목소리로 말했다.

"알론소! 미친 마음을 달래주는 이 장엄한 음악 소리에 그대의 정신이 되돌아오길 바란다! 그대 뇌 속의 뇌수는 내 주문에 걸려 들끓고 있다.

그대 성인군자 곤잘로! 그대의 눈물에 감화받아 내 눈에도 동정의 눈물이 맺히는구나. 그 눈물이 주문을 빠르게 거두어 가는구나! 아침 햇살이 차츰차츰 밤의 어둠을 몰아내듯이 감각이 회복되어 분별력을 가리고 있는 몽매한 구름을 거두어 가리라. 내 생명의 은인 곤잘로, 언제나 충실한 신하인 곤잘로, 내 그대가 베푼 은혜는 반드시 보답하겠다.

그대 알론소! 그대는 나와 내 딸에게 너무나 몹쓸 짓을 했지. 세바스티안, 그대는 그대 형과 공모하여 그 악행을 방조했지. 그대는 지금 양심이 가하는 고문을 당하고 있는 것이다. 나와 피를 나눈 동생아! 너는 야욕을 품고 사람으로서는 못할 짓을 저질렀다. 그리고 세바스티안과 공모하여 그의 형인 왕을 살해하려고 했다. 도저히 용서 못 할 불륜을 저지른 동생아! 하지만 나는 너를 용서해주겠다.

다들 차츰 분별력을 회복하고 있구나. 곧 탁하게 흐려져 있는 그대들 마음의 둑이 무너지고 분별력이 밀물처럼 밀려와 가득 차겠지. 하지만 아직 그대들은 내 모습을 보지 못하고 내 말을 듣지 못한다. 설사 본다고 해도 마법사의 옷을 입은 내가 누구인지 알아보지 못할 테지. 내 이제 이 옷을 벗고 밀라노 공작 시절의 옷으로 갈아입겠다."

프로스페로는 아리엘에게 안으로 들어가서 공작의 옷과 모자, 그리고 칼을 가지고 오라고 명령했다. 동굴 안으로 훨훨 날아갔던 아리엘이 명령대로 옷을 한 아름 안고 나와서 프로스페로에게 입혀주자 프로스페로가 말했다.

"그래, 잘했다. 네가 곁에 없으면 섭섭하겠지만 내 곧 너를 자유롭게 해주마. 하지만 아직 네가 할 일이 있다. 지금 곧바로 왕의 배로 가보아라. 가서 잠들어 있는 선원들을 깨워서 몇 명을 이리로 데려오도록 해라."

아리엘이 휭 하고 날아가자 프로스페로가 알론소를 향해

말했다. 알론소를 비롯해 실성했던 사람들은 모두 이미 제정신이 들어 있었다.

"전하, 이 프로스페로를 보시오. 그대들의 음모로 고난에 처했던 나를 보시오. 나는 프로스페로의 혼이 아니라 살아 있는 육신이오. 이 살아 있는 몸으로 그대들을 환영하오."

그는 알론소의 두 손을 잡았다. 그러자 알론소 왕은 눈이 휘둥그레져서 말했다.

"그대가 진정 프로스페로란 말이오? 내가 조금 전처럼 또 마법에 걸린 게 아닌지 의심이 드는구려. 하지만 내 손을 잡고 있는 그대 손에는 분명 온기가 돌고 있고 맥박도 느껴지는군. 아, 그대 손을 잡으니 내 마음의 고뇌가 이상하게 사라지는 것 같소. 아, 내가 실성한 것은 바로 그 고뇌 때문이 아니었을까?

이게 분명 꿈이 아니라 생시란 말이지? 그렇다면 공에게 밀라노 공국을 다시 돌려드리겠소. 내 죄를 용서해주기 바라오. 그런데, 그런데…… 도대체 공이 어떻게 살아남아 이곳에 이렇게 있게 된 것이요? 도대체 어찌 된 영문이오?"

프로스페로는 알론소의 손을 놓고 곤잘로를 품에 안으며 말했다.

"아, 옛 친구. 내 생명의 은인. 그 늙은 몸을 한번 안아봅시다. 한없이 덕망 높은 나의 옛 친구여!"

곤잘로도 프로스페로를 마주 안으며 말했다.

"아, 그대가 바로! 이게 꿈인지 생시인지! 오, 하느님, 꿈이라면 깨어나지 말게 해주십시오."

"아직 이 섬의 환상에서 벗어나지 못해서 눈앞의 확실한 것을 보고도 믿지를 못하는군요. 나는 틀림없는 프로스페로고 이건 절대로 꿈이 아니니 안심하시오."

프로스페로는 곤잘로를 품에서 놓아주고 혼잣말을 했다. 실은 세바스티안과 안토니오가 들으라고 한 말이었다.

"저 두 친구 목숨은 내게 달려 있군. 왕을 분노케 해 반역죄를 지은 죄인으로 만들 수도 있어. 다 내가 어떻게 하느냐에 달려 있지."

그 말을 들은 안토니오와 세바스티안은 몸을 벌벌 떨었다.

그러자 프로스페로가 안토니오에게 엄한 목소리로 말했다.

"내 입이 더러워질까 봐 아우라고 부를 수조차 없을 정도로 극악무도한 놈아! 네놈이 얼마나 흉악한 죄를 지었는지 하늘이 다 알고 계시지만…… 그렇지만…… 그렇지만…… 나는 너를 용서해주겠다. 하지만 내 공국은 돌려주어야겠다. 내 요구는 그게 다다."

그의 말에 안토니오는 고개를 숙이고 아무 말 못 했으며 세바스티안도 마찬가지로 고개를 떨구었다. 그들이 자신을 살해하려는 음모를 꾸몄다는 사실을 모르는 알론소 왕은 자신이 밀라노 공국을 분명 프로스페로에게 돌려주겠다고 말한 후, 속으로 궁금해하던 것을 프로스페로에게 물었다.

"프로스페로 공, 공이 어떻게 이렇게 살아날 수 있었는지 말해줄 수 있겠소? 그리고 도대체 어떻게 우리를 이렇게 만날 수 있었던 것이오? 사실 나는 지금 더할 나위 없이 비통한 심정이오. 세 시간 전에 이 바닷가에서 난파를 당해서 내 아들을 잃었다오. 정말 돌이킬 수 없는 불행이라서 인내라는 약도 전혀 듣지 않소."

"아니, 인내라는 건 언제나 우리에게 큰 도움을 주는 법인데 그 도움을 청하지 않으시다니. 나도 지금 무척 인내하며 마음을 달래고 있습니다."

"아니, 공도 무슨 불행한 일을 겪었단 말이오?"

"글쎄요, 왕의 불행에 비하면 하잘것없다고 할 수 있겠지만 나도 얼마 전 딸을 잃었습니다."

"아니, 딸을? 내 아들과 공의 딸이 살아서 나폴리의 왕과 왕비가 되었다면 정말로 좋았을 것을! 그런데 딸은 도대체 언제 잃은 거요?"

"아까 폭풍우가 몰아닥쳤을 때 잃은 셈이지요. 아무튼 나는 이 바닷가에 상륙해서 이 섬의 주인 노릇을 하고 있었소. 자, 그만해둡시다. 너무 긴 이야기라서 이렇게 만나자마자 해주기에는 어울리지 않소."

이어서 그는 동굴 앞에 드리운 장막을 걷어 올리며 알론소 왕에게 안으로 들어가자고 말했다.

"자, 안으로 들어가십시다. 이 안 어두운 곳이 내 궁정인 셈이오. 그대가 내 영토를 돌려주었으니 나도 보답을 해드리지요. 공국을 도로 찾은 나만큼 전하가 기뻐하실 만한 기적이 기다리고 있으면 좋겠는데……."

프로스페로의 뒤를 따라 모두들 동굴 안으로 들어갔다. 안으로 들어간 알론소 왕은 그만 놀라 입이 딱 벌어지고 말았다. 자기 아들 페르디난드가 웬 젊은 여자와 마주 앉아 체스를 두고 있는 것 아닌가! 그는 놀라서 소리쳤다.

"아, 이것 또한 섬의 환상이라면! 아, 나는 아들을 두 번 잃게 되는 셈이구나!"

아버지의 모습을 본 페르디난드도 놀라서 소리쳤다.

"아, 아버님께서 살아 계시다니! 저 바다는 우리를 위협하긴 했어도 그 안에 자비를 품고 있었어! 이렇게 우리를 다시 만나게 해주다니!"

페르디난드는 알론소 왕 앞에 무릎을 꿇었고 왕은 그를 잡아 일으켰다. 왕은 아들을 포옹하며 말했다.

"오, 진정 내 아들이구나. 도대체 어떻게 된 일인지 내게 다 말해주려무나."

그 모습을 보고 있던 미란다가 감탄하는 목소리로 말했다.

"어머, 너무 신기한 일이네. 이렇게 많은 사람이 이곳에 있다니! 사람이란 참 아름답게 생겼구나. 정말 새로운 세상이야! 사람이 이렇게 많이 살고 있다니!"

그러자 프로스페로가 슬픈 듯 미소를 지으며 혼잣말을 했다.

"그래, 네게는 이제 신세계가 열린 거지."

그제야 알론소 왕은 페르디난드와 체스를 두고 있던 여자에게 눈길을 돌리며 페르디난드에게 물었다.

"그런데 이 처녀는 누구냐? 누군데 너와 그렇게 다정하게 체스를 두고 있는 거냐? 너를 만난 지 기껏해야 세 시간도 되지 않았을 텐데, 어떻게 이렇게 가깝게 지낼 수 있는 거냐? 우리를 떼어놓았다가 다시 만나게 해준 여신이 아니냐?"

페르디난드가 아버지에게 약간은 계면쩍은 듯이 말했다.

"아버지, 이 사람은 처녀가 아니라, 그러니까, 부인입니다. 그리고 분명 사람입니다. 신의 뜻에 따라 방금 제 사람이 되었습니다. 아버지 허락도 받지 않은 채 우리는 부부가 되었습니다. 아버지께서 살아 계신 줄 모르고……. 이 사람은 밀라노 공작님의 외동딸입니다. 공작님 덕분에 저는 다시 생명을 얻었고, 공작님은 저의 두 번째 아버지가 되신 것입니다."

"오, 정말 잘되었다. 그렇다면 나는 이 아이의 두 번째 아버지가 된 셈이로구나. 그래, 아가, 나를 용서해줄 수 있겠니?"

그러자 프로스페로가 알론소 왕의 팔을 잡으며 말했다.

"이제 그런 말씀은 하지 마십시오. 더 이상 과거의 슬픔으로 마음을 괴롭힐 필요 없습니다."

감격에 겨운 채 그 광경을 지켜보고 있던 곤잘로가 기도하는 자세로 말했다.

"오, 신들이시여. 이 아래를 굽어보십시오! 이 두 남녀의 머리에 행복의 관을 씌워주십시오."

프로스페로가 모두를 향해 말했다.

"밀라노 공작이 추방당한 것은 그 자손이 나폴리의 왕이 되기 위해서였군요! 고통 후에 오는 기쁨이 더 큰 법이니 우리 모두 마음껏 기뻐합시다. 우리 영원히 사라지지 않을 기둥 위에 황금 글자로 이렇게 새겨놓읍시다.

'단 한 번의 항해로 모두들 원하는 것을 얻었다. 클레리벨 공주는 튀니지에서 남편을 얻었고, 오빠 페르디난드는 난파당한 곳에서 아내를 발견했다. 프로스페로 공작은 하찮은 섬 대신 잃었던 왕국을 되찾았고, 모든 사람은 제정신을 잃었다가 온전하게 회복되었다'라고."

알론소 왕은 손을 들어 아들 부부를 축복해주었다.

그때였다. 난파당한 배의 갑판장과 선원 몇 명이 동굴에 나타났다. 독자 여러분은 짐작했겠지만 아리엘의 유도로 이곳까지 온 것이다. 놀란 알론소 왕이 갑판장에게 물었다.

"아니, 어떻게 이런 일이! 도대체 무슨 수로 너희가 이곳까지 올 수 있었던 거냐? 어서 말해보아라."

「미란다 Miranda」

영국 화가 존 워터하우스의 1916년 작품. 이 작품에서 미란다는 여성으로서 지녀야 할 미덕을 모두 갖춘 인물로 등장한다. 사랑스럽고 친절하고 동정심 많고, 무엇보다 아버지에게 순종적이다. 대단히 수동적이고 전통적인 여성상이다. 그러나 그녀를 다른 식으로 보는 견해도 있다. 그녀는 아버지의 폭력적인 행동에 반발하면서 명령에 따르지 않거나, 아버지의 뜻을 좌절시키기도 한다. 그래서 아버지에 대한 순종도 그녀 스스로 주체성을 가지고 선택해서 한 행동이라고 보기도 한다. 능동적이고 독립심 강한 여성으로 해석하는 것이다.

"예, 전하. 저도 정신이 들어야 제대로 말씀드릴 수 있을 것 같습니다. 저희는 모두 세상모르게 잠이 들어 갑판 밑에 처박혀 있었습니다. 그런데 갑자기 으르렁대는 소리, 비명 소리, 짐승들 울부짖는 소리, 쇠사슬 부딪치는 소리 등 갖가지 기묘한 소리들이 들리는 바람에 잠에서 깨어났습니다. 다들 주위를 둘러보니 글쎄, 배가 멀쩡하게 항해할 준비를 다 갖추고 있었습니다. 그걸 본 선장은 너무 좋아 펄쩍펄쩍 뛰었고요……. 그런데 별안간 저희는 일행과 헤어져 마치 꿈속을 헤매듯 이 곳으로 오게 된 것입니다."

아리엘이 프로스페로의 귀에 대고 속삭였다.

"어때요, 주인님. 모두 제 솜씨입니다."

"그래그래, 아주 잘했다."

갑판장의 이야기를 들은 알론소 왕이 프로스페로에게 고개를 돌리며 말했다.

"이건 도무지 사람 사는 곳에서는 일어나지 않을 일들 같기만 하구려. 자연의 힘 같지도 않고……. 무슨 신탁에 의해 벌어진 일들 같소."

그러자 프로스페로가 말했다.

"전하, 더 이상 이 일에 대해서는 궁금해하지 마시길 바랍니다. 나중에 자세히 해명해드리겠습니다. 지금은 그냥 기운을 차리시고 만사 다 잘되었다고만 생각하십시오."

이어서 그는 아리엘에게 칼리반과 그 일행을 그만 주문에서 풀어주라고 지시했다. 아리엘이 바람같이 사라진 지 얼마 되지 않아 도둑질한 옷을 입은 칼리반과 스테파노, 트린쿨로를 아리엘이 동굴 안으로 몰고 들어왔다.

안으로 들어와 사람들을 본 그들은 모두 고개를 흔들며 믿을 수 없다는 표정을 지었다. 동굴 안에 있던 사람들도 그들의 기묘한 옷차림을 보고 이게 도대체 누구인가 어리둥절한 표정을 짓고 있었다.

프로스페로가 앞으로 나서며 말했다.

"여러분, 저 차림새만 봐도 저들이 어떤 자들인지 알 수 있을 것입니다. 이 괴상하게 생긴 병신 녀석은 마녀가 낳은 아들입니다. 달을 좌지우지하여 밀물과 썰물을 마음대로 움직일 만큼 강력한 마법을 지닌 마녀 말입니다. 저 두 사람은 알아보겠지요? 여러분 휘하의 사람들입니다. 이 셋이 내 옷을 도둑질해 가서 저렇게 이상하게 차려입은 거지요. 이 악마의 사생아는 내 하인인데 저 둘과 공모해서 내 목숨을 노리기에 혼을 좀 내준 겁니다."

그러자 칼리반은 이렇게 중얼거리며 몸을 움츠렸다.

"아이고, 이제 사정없이 꼬집히고 뜯기겠구나."

왕은 그제야 그들의 얼굴을 알아보고 외쳤다.

"아니, 저건 술주정뱅이 요리장 스테파노 아닌가? 저건 광대 트린쿨로고."

그러자 프로스페로가 스테파노를 향해 말했다.

"그래, 네가 이 섬의 왕이 되겠다고? 어디 왕 노릇 한번 해 볼래?"

"아이고, 저 같은 놈이 왕은 무슨……. 그저 용서만 해주신다면……."

프로스페로가 이번에는 칼리반을 향해 말했다.

"몸이 병신이면 마음이라도 바로 써야지. 어서 내 암실로 가봐. 저놈들도 함께 데리고 가. 용서를 받으려면 암실을 깨끗하게 청소해놓도록 해."

"아, 예, 분부대로 하겠습니다. 이제부터 정신 똑바로 차리고 살겠습니다. 제가 정말 멍텅구리였지요. 저런 술주정뱅이를 신인 줄 알고 모시다니."

그들이 암실을 청소하러 들어가자 프로스페로가 알론소 왕에게 말했다.

"자, 누추합니다만 청소가 끝나면 안으로 모시겠습니다. 오늘 하룻밤 저곳에서 쉬시지요. 제가 그동안 있었던 일을 다 말씀드리겠습니다. 지루하지 않을 겁니다. 그리고 내일 나폴리로 돌아가실 수 있게 해드리지요. 저도 그곳에 내려 저 애들 결혼식에 참석하겠습니다. 그런 후 다시 밀라노로 돌아가 거기서 여생을 마쳐야지요."

일행은 프로스페로를 따라 동굴 안 암실로 들어갔다. 아 참, 암실로 들어가기 전 프로스페로가 아리엘에게 해준 이야기도 빼놓으면 안 되겠다.

"아리엘, 잔잔한 바다에 순풍을 불어오게 하는 것 잊지 않았지? 이게 마지막 명령, 아니 부탁이다. 자, 이제 너는 해방이다. 공중을 자유롭게 떠다니며 잘 지내도록 해라."

이제 이것으로 이 이야기를 끝낼 때가 된 것 같다. 어라, 그런데 저게 누구야? 암실로 들어갔던 프로스페로가 동굴 밖으로 다시 나오네. 아마 우리에게 마지막으로 들려줄 이야기가 있는 모양이군. 자, 우리 모두 함께 그의 마지막 말에 귀를 기울여볼까.

이제 제가 지녔던 마법의 힘은 모두 사라지고
제가 본래 지닌 힘만 남았습니다.
그 힘은 아주 미미합니다.
그러니 저를 영원히 이 섬에 가두어두든지
아니면 나폴리로 보내주든지, 마음대로 하십시오.
하지만 원컨대 제게 박수를 보내시어
이 외딴 섬, 제게 제 나라를 되찾게 해주고
죄 지은 자들을 용서하게 해준 이 섬에서
이만 벗어날 수 있게 해주십시오.
여러분의 살아 있는 숨결로
제 돛을 부풀게 해주십시오.
그리하여 저의 고매한 계획을
이루게 해주십시오.
이제부터 제게는
마음대로 부릴 요정도 없고 마법도 없으니.

오로지 기도로만 구원을 빌 뿐.

그 기도를 들어주시지 않는다면

제게는 절망뿐입니다.

기도는 자비로우신 그분의 마음을 움직여

온갖 죄를 다 사하시게 하리니

여러분도 죄를 용서받고 싶으시다면

저를 이곳에서 풀어주는 너그러움을

베풀어주십시오.

베니스의 상인

The Merchant of Venice

1

이탈리아의 벨몬트라는 도시에 포샤라는 처녀가 살고 있었다. 그녀는 얼굴이 아름다울 뿐 아니라 마음씨도 곱고 재치도 뛰어나다고 소문이 나 있었다. 게다가 금상첨화로 그녀는 막대한 유산을 물려받은 부자였다. 이렇듯 모든 것을 다 갖춘 여자였기에 각지에서 그녀에게 구혼하려는 남성들이 수없이 벨몬트로 몰려들었다. 조금 과장되게 이야기한다면 벨몬트 해안이 그녀에게 구혼하려는 남자들로 북새통을 이루었다고 할 정도였다.

얼마나 대단한 사람들이 그녀에게 구혼했는지 그 면면을 살펴보면 알 수 있었다. 우선 나폴리 왕이 그녀에게 청혼을 하려고 벨몬트를 다녀갔으며 이탈리아의 이름 높은 귀족인 팔란타인 백작도 그중 하나였다. 그뿐 아니었다. 그녀의 이름은 외국에까지 알려져 프랑스의 귀족도 그녀를 찾아와 구혼했고 영국과 스코틀랜드에서 온 백작과 남작, 독일에서 온 공작도 있었다. 하지만 그들 중 그녀의 마음에 드는 남자는 단 한 명도 없었다. 그렇지만 사실 그녀의 마음에 들고 안 들고는 문제가 아니었다. 그녀 마음대로 배우자를 고를 수 없었던 것이, 그녀의 아버지가 세상을 떠나면서 독특한 유언을 남겼기 때문이다.

그는 세상을 떠나면서 금과 은과 납으로 된 세 개의 상자를 남겨놓았다. 그리고 그중 한 상자 안에 딸 포샤의 초상화를 넣어두었다. 포샤에게 구혼하는 남자들 중 그 초상화가 들어 있는 상자를 고르는 사람이 포샤의 남편이 될 자격이 있는 사람이라고 유언한 것이다.

그녀에게 반한 남자들 중에 바사니오라는 베니스(베네치아) 청년이 있었다. 그는 포샤의 아버지가 살아 있을 때 찾아온 적이 있었는데, 그때 그를 한 번 본 포샤도 은근히 그에게 호감을 품고 있었다. 바사니오는 귀족이었지만 물려받은 재산을 호사스러운 생활로 모두 탕진한 처지였다. 그뿐 아니라 빚도 많았다. 그는 당장 포샤에게 가서 구혼하고 싶었다. 그러나 그러려면 돈이 필요했다. 당장 벨몬트까지 갈 여비도 없거니와 그녀에게 줄 선물을 마련할 돈은 더더욱 없었다. 알거지 신세로 그녀에게 청혼한다면 다른 경쟁자들과 상대가 되지 않을 것이 뻔하니 돈이 절실하게 필요했다.

이리저리 궁리하던 그는 그의 절친한 친구 안토니오를 찾아가서 사정해보기로 작정했다. 안토니오는 해상무역을 하는 거상이었다. 그는 안토니오를 만나 어렵사리 이야기를 꺼냈다.

"이보게, 안토니오. 돈뿐 아니라 우정에 대해서도 나는 자네 신세를 많이 졌지. 자네 우정을 믿고 모든 걸 털어놓아도 되겠나?"

"우리 사이에 감출 게 어디 있나? 뭐든지 다 이야기해보게. 자네가 원한다면 내 지갑도 활짝 열어 보일 것이고 내 몸까지 아끼지 않을 테니. 어서 말해보게."

"내 어릴 적 경험을 이야기해보겠네. 화살을 어디론가 날렸는데 그 화살을 잃어버린 적이 꽤 여러 번 있었지. 그럴 때면 나는 그걸 찾으러 나서는 대신 다른 화살을 똑같은 방향을 향해 똑같은 높이로 날리곤 했다네. 그런 모험 끝에 잃어버린 화살까지 찾은 적이 한두 번이 아니었어. 내가 이제부터 하려는 이야기도 그처럼 좀 유치해서 이 이야기부터 꺼낸 거라네. 자네가 이번에 내가 그 두 번째 화살을 날릴 때처럼 나를 좀 도와준다면 전에 빌린 것까지 자네에게 돌려줄 수 있을 거네."

"아니, 자네와 나 사이에 그게 무슨 소린가? 자네 내 우정을 의심하는 건가? 이건 내 재산을 전부 잃는 것보다 더 큰 모욕인데……."

"좋아, 그렇다면 부끄러움을 무릅쓰고 말하겠네."

바사니오는 포샤에게 구혼하려는 자신의 계획, 그러자면 돈이 필요하다는 사정을 모두 안토니오에게 말했다. 그러자 안토니오가 말했다.

"자네 일인데 내 기꺼이 도와야지. 그런데 지금 당장 내 수중에는 돈이 없단 말이야. 내 전 재산은 바다에 있는 셈이니……. 가만있자, 이렇게 하세. 내 신용을 담보로 어디선가 돈을 구해보도록 하지. 벨몬트로 포샤를 찾아갈 여비쯤은 마련할 수 있을 것 아닌가? 자네도 돈을 빌릴 만한 곳을 알아보게. 나도 알아보겠네."

안토니오와 헤어진 바사니오는 유대인 상인이자 고리대금업자인 샤일록을 찾아갔다. 샤일록이 집 밖으로 나오자 바사니오는 그에게 안토니오가 보증을 설 테니 3,000두카트(Ducat)의 돈을 빌려달라고 했다.

그러자 샤일록이 말했다.

"3,000두카트라……. 글쎄요."

"석 달 안으로 갚겠소. 거상인 안토니오가 보증을 서준다고 하지 않소?"

"3,000두카트를 석 달 동안 빌리겠다……. 안토니오 씨의 보증으로……. 안토니오 씨는 좋은 사람이지요."

"글쎄, 되겠소, 안 되겠소?"

"안토니오 씨는 좋은 사람이긴 한데, 말하자면 재력이 상당한 건 맞는데……. 하지만 그 사람 재산이란 게 확실한 것이 아니라서……. 그 사람 상선 한 척이 트리폴리로, 또 한 척은 인도로 가고 있다더군요. 그 밖에도 멕시코로 가는 배도 있고, 아무튼 안토니오 씨 재산은 세계 각지에 흩어져 있단 말씀이지요. 게다가 그 배라는 게 나무 판때기에 불과할 뿐이고, 그것마저 해적들이 그냥 내버려두지를 않고요. 그뿐인가요? 암

베네치아 공화국의 두카트 금화

왼쪽 금화에는 총독에게 깃발을 건네는 성 마가, 오른쪽 금화에는 『성경』을 든 그리스도의 모습이 새겨져 있다. 두카트는 중세시대부터 20세기까지 유럽에서 무역용 통화로 사용된 금화 또는 은화다. 시대마다 함유 성분과 화폐 구매력이 다른 다양한 형태의 두카트가 존재했다. 그중에서 베네치아 공화국 두카트 금화는, 중세 비잔티움 제국의 히페르피론과 피렌체 공화국의 플로린, 근세의 네덜란드 플로린, 현대의 영국 파운드와 미국 달러처럼 국제적으로 사용된 통화였다. 13세기 중반 발행되기 시작한 베네치아 공화국 두카트 금화는 피렌체 공화국의 플로린과 차이를 두기 위해 99.47의 순금 3.545그램을 포함시켜 만들었는데, 이것은 중세시대 기술로 제작할 수 있는 최고의 순도였다.

초란 놈이 언제 그 나무 판때기를 쪼개놓을지 모르지요.

하지만 안토니오 씨라면! 좋습니다. 충분한 재력이 있지요. 좋아요. 그 사람 보증을 받지요. 하지만 그를 직접 만나서 이야기를 듣기 전에는…….”

“알겠소. 함께 식사나 합시다.”

“식사요? 나더러 돼지고기 냄새를 맡으라고요? 저 나사렛 예언가가 마귀를 돼지 배 속에 집어넣었다는데 그 마귀가 살고 있는 집을 먹으란 말인가요? 안 됩니다. 당신들과 이야기도 하고 산보도 하고 거래는 하겠지만 함께 식사하고 기도하는 건 사양하겠소.”

그때였다. 마침 저만치 안토니오의 모습이 보였다. 그는 바사니오가 샤일록에게 돈을 빌리러 갔다는 소식을 듣고 일이 어찌 되었나 궁금해서 찾아오던 길이었다.

샤일록은 안토니오의 모습을 보자 속으로 중얼거렸다.

‘저놈 상판 좀 봐. 꼭 여관 주인처럼 알랑거리는 꼴 하고는! 제길, 저놈의 기독교도들은 죄다 밉단 말이야. 그뿐인가? 저놈은 돈을 빌려주면서 오히려 굽실거리잖아. 그것도 무이자로! 우리 베니스 대부업자들의 이자가 저놈 때문에 내려간다니까! 나한테 꼬투리만 잡혀봐라. 켜켜이 쌓인 원한을 꼭 갚아 줄 테니까! 게다가 저놈은 하느님께 선택받은 우리 유대 민족을 증오한단 말이야. 내가 정당하게 번 돈을 고리(높은 이자)로 힘들이지 않고 벌었다고 온통 비난하고 다니잖아. 저런 놈을 그냥 내버려둔다면 난 우리 민족의 저주를 받을 거야.'

곁으로 다가온 안토니오가 샤일록에게 말했다.

"아, 샤일록 씨. 난 이자 없이 돈거래를 해왔지만 이번에는 그 관례를 깨도록 하겠소."

그러자 샤일록이 말했다.

"3,000두카트를 삼 개월간 빌려달라고 했지요? 그런데 안토니오 씨, 당신은 이자 거래는 안 한다고요?"

"그렇소."

"내가 옛날이야기 하나 해줄까요? 야곱이 그의 외삼촌 라반 집에서 양을 칠 때 이야기입니다. 우리의 거룩한 조상 아브라함의 삼대째 상속자가 된 그 야곱 말입니다. 야곱이 어머니의 꾀 덕분에 상속자가 된 건 알지요?"

"아니, 그 이야기는 왜 꺼내는 거요? 야곱이 이자라도 받았단 말이오?"

"천만에요, 이자를 받다니요. 절대로 이자를 받은 게 아니지요. 자, 그가 어떻게 했는지 이야기를 들어봐요. 야곱이 라반의 양을 치게 되면서 외삼촌과 조카는 약속을 했지요. 양이 새끼를 낳았을 때 줄이 쳐져 있거나 점이 박힌 양이 나오면 모두 야곱이 가지기로 약속한 겁니다. 암양이 발정해서 양들이 생식 활동에 몰두해 있을 때 이 약은 목동은 나무껍질을 벗겨서 암양 눈에 붙여놓았지요. 그러자 그 암양은 점박이 새끼들을 낳았고 그건 몽땅 야곱 차지가 되었지요. 이게 바로 부자가 되는 방법이란 말입니다. 야곱은 축복을 받은 겁니다. 세상에 부자가 되는 것보다 축복받을 일이 어디 있습니까? 도둑질한 것만 아니라면 말입니다."

그러자 안토니오가 말했다.

"야곱이 진짜 그랬는지 아닌지는 모르겠지만, 그건 일종의 투기요, 투기. 자기 힘으로 그렇게 된 것이 아니라 오로지 하느님의 뜻에 따라 그렇게 된 거요. 그래, 왜 성경 이야기를 한 거요? 당신이 이자를 받는 게 정당하다는 이야기를 하고 있는 거요, 아니면 당신이 갖고 있는 돈이 전부 양이라는 이야기를 하는 거요?"

"하여간 나는 돈도 자꾸 새끼를 치게 합니다. 자, 다시 이야기해봅시다. 석 달 기한에 3,000두카트라……. 이자를 좀 계산해봐야겠소."

"그래, 빌려주겠다는 거요, 안 된다는 거요?"

"안토니오 씨, 그동안 여기저기서 내 욕을 실컷 하고 다녔지요? 내가 고리대금업자라고……. 그래도 난 어깨를 으쓱하고는 참아왔소. 우리 민족의 특성이 바로 참을성이오. 당신은 우리 유대인을 이단자니 살인하는 개니 하며 옷에 침을 뱉었소. 그런데 이렇게 나를 찾아와서 돈을 빌리겠다고요. 내 수염에 침을 뱉고 문지방에서 개를 걷어차듯 나를 걷어차더니 이제 와서 '샤일록 씨, 돈 좀 빌려줄 수 없소?' 하는군요. 나는 '개한테 무슨 돈이 있어요?'라고 대답하고 싶군요. 또는 종놈처럼 엎드려서 이렇게 겸손하게 중얼거리든가요. '나리께서 지난 수요일에 제게 침을 뱉어주셨고, 어느 날인가는 발길로 걷어차주셨고, 언젠가는 대놓고 개라고 불러주셨지요. 그 은혜에 대한 보답으로 기꺼이 돈을 빌려드리겠나이다.'"

그러자 안토니오가 말했다.

"난 앞으로도 그렇게 욕하고 차고 침을 뱉을 거요. 돈을 빌려주더라도 행여 그 일로 우리가 친구가 될 거라는 생각은 마시오. 친구끼리는 절대로 이자를 받고 돈을 빌려주는 법이 아니오. 그러니 원수에게 돈을 빌려주었다고 생각하시오. 그래야 계약을 어겼을 경우 위약금을 떳떳하게 받아낼 수 있을 것 아니오?"

"아이고, 매정도 하셔라. 난 이 일을 계기로 친구로 지내면서 이자도 안 받고 돈을 빌려주려 했는데……. 여태껏 받은 모욕도 싹 잊고 우정을 나누고 싶었는데……. 어쨌거나 나로서는 당신이 더 이상 나를 개로 대하지 않을 좋은 기회니 이자 없이 빌려드리겠소. 자, 같이 공증인에게 가서 차용증에 도장만 찍어주시오."

"그렇다면 고마운 일이오."

"그리고 이건 그냥 장난삼아 하는 이야긴데, 혹시 증서에 명시된 금액을 정한 시기에 정한 장소에서 갚지 못할 경우 위약금 대신 당신의 기름진 살을 딱 1파운드만 내가 베어내도록 차용증에 써넣으면 안 될까요?"

안토니오가 선선히 그러겠다고 대답하자 바사니오가 질겁하며 말했다.

“이보게, 나 때문에 그런 증서에 도장을 찍으면 안 되네. 차라리 내가 그냥 지금처럼 지내는 게 낫지.”

“이 사람, 아무 걱정 말게. 두 달 안으로 차용증의 열 배 가까운 돈이 들어오게 되어 있어. 아주 확실한 거니 전혀 걱정할 필요 없어.”

그러자 샤일록이 말했다.

“아이고, 아브라함 할아버지, 맙소사! 자기네 속이 좁으니까 남도 의심하네. 이보세요. 설사 당신들이 약속을 어겼다고 칩시다. 내가 당신 살 1파운드를 위약금조로 받아서 어디다 쓸 수 있겠소? 차라리 소고기나 염소고기가 낫지. 그냥 재미로 하는 거요. 내가 이 정도 호의를 베푸는데 받아준다면 좋고 싫어도 할 수 없지.”

안토니오는 즉시 좋다고 대답했고, 셋은 공증인 집에서 만나기로 하고 헤어졌다. 안토니오와 바사니오는 공증 서류 작성을 위해 공증인 사무실로 갔고 샤일록은 처리할 일이 있다며 집 안으로 들어갔다.

2

그로부터 두 달하고 몇 주가 흘렀다. 바사니오는 아직 준비가 끝나지 않아 벨몬트로 떠나지 못하고 있었다. 시간이 흘렀다는 것은 안토니오가 샤일록에게 빚을 갚아야 할 날이 가까워졌음을 의미했다. 샤일록은 안토니오의 상선들이 돌아오지 않기를 바라고 있었다. 허공에 날려버릴 3,000두카트가 아깝기 그지없었지만 안토니오에게 통쾌한 복수를 할 수만 있다면 아무래도 좋았다. 고리대금업자인 그가 그 돈을 날려도 좋다고 생각할 정도로 그의 원한은 컸다.

샤일록에게는 제시카라는 딸이 있었다. 매우 아름답고 현명한 여자였다. 그녀는 로렌초라는 청년과 몰래 사귀고 있었다. 그런데 문제가 있었다. 로렌초는 유대인이 아니라 이탈리아 청년으로서 안토니오, 바사니오와도 알고 지내는 사이였다. 아버지 샤일록이 그 사실을 안다면 당장에 경을 칠 것이 뻔했다.

로렌초와 제시카는 함께 도망치는 것 외에는 방법이 없다고 생각했다. 둘은 샤일록이 저녁 초대를 받아 집에 없는 날 밤, 로렌초가 친구들을 데리고 그녀 집 앞으로 오면 그녀는 남장을 하고 그들과 자연스럽게 어울려 빠져나가기로 계획을 세웠다. 남녀가 단둘이 걸어가면 남들 눈에 띄어 들킬까 봐 그러기로 한 것이다.

약속한 날 저녁 로렌초는 친구들인 그라티아노, 살라리노, 살라니오 등과 함께 그녀의 집 앞에서 만나기로 약속했다. 그가 약속한 시간에 제시카의 집 앞에 도착하니 친구들이 이미 기다리고 있었다. 친구들을 보자 그가 말했다.

"이런, 벌써 와 있었나? 기다리게 해서 미안하네. 훗날 자네들이 나처럼 처녀 도둑질을 하게 된다면 자네들이 기다린 만큼 내가 기다려주지. 자, 이게 바로 내 장인인 유대인 샤일록의 집일세."

「**샤일록으로 분장한 어빙** Irving as Shylock」

19세기 말 『베니스의 상인』 공연에서 유대인 샤일록 역을 맡은 영국 배우 헨리 어빙의 사진. 사진작가 로크 앤드 위트필드(새뮤얼 로크와 조지 위트필드)가 1893년경 촬영했다. 엘리자베스 여왕 시대 영국은 반유대주의 사회였다. 영국 내 유대인은 1290년 추방 칙령이 내려져 쫓겨났으며, 이후 청교도혁명(1642~1651)으로 크롬웰이 정권을 잡기까지 수백 년간 법적으로 거주가 허용되지 않았다. 16세기에서 17세기 초 엘리자베스 시대 연극에서 유대인은 흔히 매부리코에 빨강색 가발을 쓴 볼썽사나운 모습으로 묘사되었다. 그리고 대부분 고리대금업자에다 탐욕스럽고 기만적이고 사악한 인물로 등장했다. 1600년대에 베네치아를 비롯한 여러 곳에서 유대인은 쉽게 구별할 수 있게 빨간 모자를 써야 했으며, 만일 위반하면 사형까지 당할 수 있었다. 또 베네치아에서는 기독교인들이 지키는 게토(유대인 집단 거주지)에서만 살아야 했다.

말을 마친 후 그는 나지막한 목소리로 제시카의 이름을 불렀다. 그러자 곧 위쪽 창문이 열리고 소년 복장을 한 제시카의 얼굴이 나타나더니 물었다.

"누구세요?"

"나요. 당신이 사랑하는 사람! 당신을 사랑하는 사람!"

"아, 로렌초, 당신이군요. 약속대로 와주셨군요. 내 사랑! 제겐 당신밖에 없어요. 제가 당신 것이란 사실은 당신밖엔 아무도 몰라요."

"아니요, 하느님이 알고 계시오. 하느님께서 우리 사랑을 보증해주실 겁니다. 어서 내려와요. 바사니오 씨 집으로 갑시다."

그러자 제시카가 말했다.

"잠깐만요. 제가 던지는 상자를 받으세요."

로렌초가 상자를 받자 그녀는 계속 말했다.

"밤이라서 다행이에요. 이렇게 변장한 부끄러운 모습을 당신이 볼 수 없으니 말이에요. 게다가 사랑은 맹목적이라서 애인이 아무리 어리석은 짓을 저질러도 제대로 보지 못한다니 다행이에요. 돈도 좀 챙기고 문단속도 하고 곧 내려갈게요."

잠시 후 제시카가 나타나자 그들은 함께 어둠 속으로 사라졌다.

얼마 후 집으로 돌아온 샤일록은 딸과 함께 돈과 보석이 없어진 것을 보고 거의 실성하다시피 했다. 그는 거리로 뛰쳐나와 고함을 질러댔다.

"오, 내 딸, 그리고 내 돈! 내 딸이 예수쟁이와 달아나다니! 그놈의 예수쟁이가 내 딸과 내 돈을 훔쳐서 달아났어! 돈이 잔뜩 든 내 돈 주머니 두 개를! 아이고, 딸이 내 돈을 훔쳐 달아나다니! 아이고, 내 보석, 그 귀한 보석도 가져가다니!"

거의 정신이 나가 거리를 헤매는 그의 뒤를 아이들이 졸졸 뒤따르며 샤일록의 흉내를 냈다.

"내 딸! 내 돈! 내 보석!"

한편 바로 그날 밤 바사니오는 시종 겸 친구로 지내는 그라티아노와 함께 벨몬트행 배에 올랐다. 로렌초와 제시카는 곤돌라를 타고 제노바로 갔다. 그곳에서 몸 숨길 만한 데를 찾아보기 위해서였다.

바사니오가 벨몬트를 향했으니 우리 눈길을 이제 그곳으로 옮겨보기로 하자. 하지만 시간은 좀 되돌려야겠다. 포샤를 찾아와 구혼했던 사람들에게 어떤 일이 일어났는지, 그들이 왜 구혼했다가 돌아갈 수밖에 없었는지 사정을 알아보기 위해서다.

앞서 말했던 대로 포샤의 집에는 구혼자들의 발길이 끊이지 않았다. 그렇다고 아버지의 유언도 있고 하니 그들을 거절할 수도 없었다. 포샤는 소파에 앉아 곁에 있던 시녀 네리사에게 말했다.

"네리사, 요즘 정말 세상이 싫어. 너무 힘들어."

"아씨, 아씨는 행복하신 거예요. 그래서 괴로우신 거지요. 행복에 겨워도 괴로운 게 사람이라잖아요. 그저 중간이 제일 좋아요. 너무 팔자가 좋은 사람은 머리가 금방 세어버리고, 적당히 사는 사람이 장수한다잖아요."

"그래, 네 말이 맞을지도 몰라. 나도 그렇게 알고 있고 그렇게 생각하려고 애쓰고 있어. 하지만 어디 아는 대로 실천하는 게 쉬운 일이니? 머리로 아무리 마음을 달래려고 해도 그게 잘 안 돼. 아무리 생각을 가다듬어본다고 해서 남편을 제대로 고를 수 있는 것도 아니고. 어휴, 그 고른다는 말 정말 지긋지긋해. 마음에 드는 사람을 택할 수도 없고, 싫은 사람을 퇴짜 놓지도 못하는 내 신세잖니? 멀쩡하게 살아 있는 딸의 뜻이 돌아가신 아버지의 유언에 묶여 꼼짝도 못 하다니! 네리사야, 선택도 거절도 내 맘대로 못 하다니 너무 가혹하지 않니?"

"그렇긴 해요. 참, 오늘 모로코 왕께서 오신다고 하셨잖아요. 도착하실 때가 된 것 같아요."

"그렇구나. 맞을 준비를 해야겠다."

곧이어 모로코 왕이 시종들을 거느리고 도착했음을 하인이 알렸다. 포샤는 안으로 모시라고 한 뒤 모로코 왕이 들어오자 그를 맞이했다. 포샤는 왕에게 예를 표한 뒤 세 개의 상자가 놓여 있는 방으로 그를 안내했다. 그녀는 상자를 가리고 있던 장막을 거두었다. 탁자 위에 상자 세 개가 놓여 있었다. 포샤는 상자들을 가리키며 왕에게 말했다.

"자, 이 셋 중에서 하나를 골라보세요."

모로코 왕이 상자들 앞으로 다가가서 말했다.

"음, 첫 번째는 금궤로군. 이런 글이 새겨져 있네. '나를 고르는 사람은 만인이 소망하는 것을 얻을 것이다.' 두 번째는 은궤로군. 어디 거기 새겨진 글을 읽어볼까? '나를 고르는 사람은 그 신분에 합당한 것을 얻을 것이다.' 그렇다면 나머지 납으로 된 궤에는 어떤 글이 새겨져 있나? 어디 보자. 뭔 거기

쓰인 글도 납처럼 무겁군. '나를 고르는 사람은 전 재산을 내놓고 운명에 모든 것을 맡기게 될 것이다.' 이 중 하나를 고르면 그 안에 당신의 초상화가 들어 있단 말이지?"

"네, 그 상자를 고르시게 되면 저는 그 초상화와 함께 전하의 것이 된답니다."

모로코 왕은 생각에 잠겼다.

'우선 납은 아냐. 전 재산을 내놓고 모든 것을 운명에 맡기라고? 뭘 위해 전 재산을 내놓는단 말인가? 납을 위해? 납을 위해 전 재산을 내놓고 운에 맡기라고? 그건 안 되지. 게다가 협박조 아냐? 모든 걸 내놓고 운에 맡길 때는 그에 합당한 이익이 생긴다는 기대가 있어야 하는 거 아닌가? 게다가 그녀의 귀한 얼굴을 이따위 껌껌한 무덤 같은 곳에 숨겨두었을 리는 없어. 이건 제쳐두자.

다음에 은을 볼까? 신분에 합당한 것을 얻는다고? 그럴듯해. 하지만 내 신분에 합당한 게 어떤 건지 한번 생각해보자. 세상이 인정하는 가치로 따진다면 나는 충분한 자격을 갖추고 있지. 하지만 그게 이 아가씨를 얻을 만한 건가? 내 신분에 이 아가씨가 합당한가? 그래 합당해. 신분으로 보건 가문으로 보건 재산이나 인품으로 보건 나야말로 이 아가씨를 얻을 만해. 이 아가씨 사랑을 얻을 만하다고. 그래, 이 은궤를 열어볼까?

가만, 옆에 있는 금궤를 좀 더 살펴보고 열어도 늦지 않아. 이걸 고르면 만인이 소원하는 것을 얻는다고? 맞아, 이게 바로 이 아가씨야. 세상 방방곡곡에서 이 아가씨와 입을 맞출 수 있게 되려고 찾아오잖아. 더욱이 금이 은보다 얼마나 귀한가? 이 천사 같은 여자는 황금 침대에 누워 있는 게 어울려.'

금궤가 틀림없다고 확신한 모로코 왕은 포샤에게 금으로 된 상자를 여는 열쇠를 달라고 했다. 포샤가 열쇠를 주자 그가 금 상자를 열었다. 그러나 그곳에 포샤의 초상화는 없었다. 그 대신 무슨 글이 쓰인 종이가 들어 있었다. 모로코 왕은 종이를 들고 그 글을 읽었다.

빛나는 것이 다 금이 아니라는 말을
당신은 종종 들었을 겁니다.
나의 겉모습에 홀려
목숨을 판 사람도 많으니

황금 무덤에 구더기가 우글거리는군요.

당신이 좀 더 현명했더라면,

당신의 젊은 팔이 좀 더 성숙했더라면

이런 답은 안 받았을 텐데.

잘 가십시오. 당신의 소원은 이제 식어버렸으니.

모로코 왕은 시종들을 거느리고 물러날 수밖에 없었다.

모로코 왕이 물러난 지 몇 주가 지난 어느 날 이번에는 아라곤 왕이 포샤에게 구혼을 하러 왔다. 포샤의 안내를 받아 아라곤 왕도 상자들 앞에 섰다.

그는 먼저 납으로 된 상자를 보고는 '이 따위 볼품없는 것에 누가 운명을 건단 말인가?'라고 생각하며 고개를 돌렸다.

다음으로 금궤에 쓰여 있는 '나를 고르는 사람은 만인이 소망하는 것을 얻을 것이다'라는 문구를 보고 생각했다. '만인이라……. 이건 바로 어리석은 대중을 말하는 거야. 번쩍이는 것의 겉만 보고 거기에 혹하지 그 안은 들여다볼 줄 모르지 않는가? 난 이걸 고르지 않겠다. 일국의 왕인 내가 어리석은 대중과 어찌 어깨를 나란히 할 수 있단 말인가? 그렇다면 어

디 은궤에 쓰여 있는 글을 한번 볼까?'

그는 은궤에 쓰여 있는 '나를 고르는 사람은 그 신분에 합당한 것을 얻을 것이다'라는 글을 보고 생각했다. '좋은 문구야. 우선 중요한 건 자격을 갖추는 거지. 실력도 없으면서 요행을 노리고 과분한 지위에 덤벼드는 것처럼 어리석은 짓은 없지. 지금 내 경우도 똑같은 거야.'

그는 자신 있게 은궤를 가리키며 포샤에게 열쇠를 달라고 했다. 포샤가 열쇠를 주자 그는 상자를 열었다. 자신 있는 표정으로 안을 들여다본 그는 깜짝 놀라 뒷걸음질 쳤다. 그 안에는 포샤의 초상화 대신 글이 적힌 종이가 놓여 있었던 것이다. 왕은 그 종이를 들고 읽었다.

일곱 번 불에 달군 이 은궤.
당신의 판단 또한 일곱 번 단련했어야
틀림이 없었을 것입니다.
이 세상엔 그림자에 입을 맞추고
그림자 같은 행복을 따르는 자들이 있으니,
그들은 겉만 은으로 칠한 바보와 같습니다.

이제 속히 떠나십시오. 모든 것은 끝났습니다.

망설이는 모습을 보이다가는 더 바보 취급당하겠다 싶어 아라곤 왕은 황급히 그 자리를 떠났다. 그때였다. 하인이 포샤에게 찾아와 아뢸 것이 있다고 했다.

포샤가 물었다.

"무슨 일이냐?"

"아가씨, 방금 베니스에서 오신 젊은 분이 말에서 내렸습니다. 자기 주인의 전갈을 전하러 왔다면서 값진 선물을 가져왔습니다."

그러자 포샤가 네리사에게 말했다.

"얘, 네리사야, 네가 한번 나가보렴. 혹시 그 사람이 큐피드의 사자라면 나도 얼른 만나보고 싶구나."

포샤의 명을 받고 밖으로 나가면서 네리사는 중얼거렸다.

"제발 바사니오 님이길!"

3

포샤의 집을 찾아온 그 베니스 젊은이가 과연 바사니오였을까? 궁금증을 잠시 접고 다시 우리 눈길을 베니스로 돌려보기로 하자.

한 열흘 전 일이다. 딸이 돈과 패물을 갖고 기독교도와 도망갔다는 사실 때문에 노발대발하다 못해 거의 정신이 나가다시피 한 샤일록에게 이번에는 또 다른 나쁜 소식이 들려왔다. 바다에 떠 있던 안토니오의 배들이 아직 정확한 원인은 모르겠지만 큰 피해를 입어, 안토니오가 거의 파산지경에 이르렀다는 소식이었다. 그 소식을 들은 샤일록은 한탄했다.

“아이고, 엎친 데 덮친 격이로군. 이거 큰 손해를 보게 생겼잖아. 정말 잘못된 거래를 한 거야."

그러나 그는 곧 생각을 고쳐먹었다.

'흥, 그 거지 같은 자식, 이제는 거래소 바닥에 얼굴도 못 내밀게 되겠군. 얼마 전까지만 해도 제법 그럴듯하게 차려입고 드나들더니. 그래, 잘됐어. 그 증서나 잊지 말거라, 이놈. 나를 보고 고리대금업자라고 욕했겠다. 그래, 내가 반드시 위약금을 받아내지. 그 증서에 쓰여 있는 대로. 뭐, 예수쟁이들은 이자 없이 돈을 거저 꿔준다고? 그래, 잘들 해보라지. 흥, 그 증서나 잊지 말라고!'

그는 곧바로 유대인 친구인 투발을 찾아갔다. 샤일록은 로렌초와 딸 제시카가 제노바로 갔다는 소식을 전해 듣고 투발에게 그곳에 가서 한번 찾아봐달라고 부탁을 했었는데, 방금 그가 돌아온 참이었다.

투발을 보자 샤일록이 물었다.

"여보게, 투발, 제노바에서 무슨 소식 들을 거 없나? 그래, 내 딸 흔적은 좀 찾았나?"

"있을 만한 곳은 다 가봤지만 못 찾았다네."

"아이고, 그년을 꼭 찾아야 하는데……. 다이아몬드가 없어졌어. 프랑크푸르트에서 2,000두카트나 주고 산 건데……. 그것뿐이 아냐. 그 외에도 값나가는 보석은 죄다 가져갔단 말이야. 그년이 내 눈앞에서 뒈져도 상관없어. 보석만 남아 있으면 돼. 그년이 죽어서 관에 들어가도 좋아. 그 관 속에 그 보석들만 있으면 돼.

그래, 정말 아무 소식도 듣지 못했단 말인가? 그 도둑년을 찾느라 돈이 얼마나 들었는지 몰라. 정말 엎친 데 덮친 격이야. 도둑년이 돈과 보석을 갖고 도망가서 손해, 그 도둑년 찾느라 돈을 써서 손해! 마음대로 되는 일 하나 없는데 어디다 분풀이도 제대로 못 하고! 불행이란 불행은 온통 내 어깨만 짓누르고, 한숨이란 한숨은 그저 나 혼자 다 쉬고, 눈물이란 눈물은 모두 내 눈에서만 나오고…….”

샤일록은 미처 말을 다 끝내지 못하고 울음을 터뜨렸다.

그러자 투발이 말했다.

“자네만 불행한 게 아니라네. 자네 딸을 찾으려고 여기저기 수소문하다 들었네만, 글쎄 저 거상 안토니오가…….”

“그래, 그놈에게도 무슨 불행한 일이 생겼단 말인가? 그놈이 큰 피해를 입었다는 이야기는 나도 얼핏 들었네.”

「돈놀이꾼과 그의 아내 The Moneylender and his Wife」

벨기에 화가 캥탱 마시의 1514년 작품. 역사적으로 볼 때, 돈을 빌려주고 이자를 받는 돈놀이(대금업 또는 대부업)는 유대인 사이에서 상당히 보편적인 직업이었다. 이것은 기독교인에게 사채업이나 대금업이 허용되지 않았고, 그런 일 자체가 천한 것으로 여겨졌기 때문이며, 유대인이 다른 분야의 일을 얻기가 힘들었기 때문이다. 당시 기독교 왕들은 유대인에게 땅을 소유하거나 농사를 짓거나 관리로 일하지 못하게 했다. 또 길드(상공업자 조합)에서도 유대인을 직원으로 받아주지 않았다. 따라서 돈놀이는 유대인이 가질 수 있는 얼마 안 되는 직업 중 하나였다.

"트리폴리에서 돌아오던 배가 난파를 당했다네. 그 난파선에서 살아 돌아왔다는 선원에게 직접 들은 거야. 또 제노바에서 이곳으로 오는 도중 안토니오의 채권자 몇 명과 동행할 기회가 있어서 듣게 되었는데, 다들 그가 파산을 면치 못할 거라고 하더군."

"아이고, 이렇게 고마울 수가……. 정말 고소한 소식이야, 고소한 소식! 이보게, 투발. 내가 부탁이 하나 더 있네. 자네 지금 바로 관청으로 가서 공무원을 매수하도록 하게. 내가 고발장을 내밀면 곧바로 재판이 열릴 수 있도록 손을 써놓으란 말일세. 놈과 약속한 기한이 이제 두 주일 남았어. 놈을 죽이기로 두 주 전에 미리 예약해놓는 셈이지. 어디 위약만 해봐라. 그놈의 염통인들 못 도려낼까! 그놈이 베니스에서 없어져야 내가 마음 놓고 장사를 할 수 있어. 자, 가보게, 투발. 나중에 우리 유대교회당에서 만나기로 하세."

어떤 베니스 청년이 벨몬트의 포샤 집을 찾아온 것은 그로부터 열흘 정도 지난 뒤였다. 네리사가 간절히 원했던 대로 포샤 집에 찾아와 전갈을 전한 이는 바사니오와 그라티아노였다. 그들은 곧바로 안으로 안내되었다. 포샤는 바사니오를 곧장 상자들이 있는 곳으로 데려가지 않고 그에게 말했다. 이미 그에게 호감을 갖고 있던 그녀는 그를 보자마자 사랑에 빠진 것이다.

"바사니오 님, 제발 서두르지 마세요. 하루 이틀 이곳에 머물다가 운명을 시험해보도록 하세요. 마음 같아서는 한두 달 그냥 머물다가 시험하시게 하고 싶어요. 처녀의 마음은 쉽게 겉으로 드러낼 수 없으니 이 말만으로 당신이 헤아려주세요.

제 마음 같아서는 어떤 상자를 고르시라고 가르쳐드리고 싶어요. 하지만 돌아가신 아버님과 한 맹세를 깨뜨리는 짓이니 그럴 수는 없어요. 아, 그러다가 만일 당신이 상자를 잘못 고르신다면……. 저는 당신에게 미리 알려주지 않은 걸 후회할지 몰라요.

원망스러워요. 당신의 그 두 눈이! 당신의 두 눈을 보는 순간 제 마음은 그만 둘로 찢겨버렸어요. 그러나 둘로 찢겨진 내 마음은 모두 당신 거랍니다.

제 말이 너무 길어졌군요. 하지만 이렇게 해서라도 당신이 상자를 고르는 시간을 조금이라도 늦추고 싶어요. 만일 당신이 잘못된 상자를 고르신다면……."

그러자 바사니오가 말했다.

"포샤, 어서 고르게 해주시오. 나는 지금 고문대 위에 올라와 있는 기분이라오."

"고문대라니요? 그렇다면 당신의 진심을 고백하세요."

"내가 들려줄 말은 이것뿐이라오. '고백하는데 나 그대를 진정으로…….' 자, 이제 상자를 고르게 해주시오."

"그럼 가세요. 저 상자들 중 하나에 제 얼굴이 들어 있어요. 저를 진정으로 사랑하신다면 맞히실 수 있을 거예요."

그러더니 그녀는 네리사에게 말했다.

"네리사, 가서 이분이 상자를 고르시는 동안 사람들에게 음악을 연주하며 노래를 부르라고 일러줘. 그래야 실패하시더라도 백조가 최후를 맞듯이 음악 속에서 조용히 사라지실 수 있을 테니까. 이 눈이 강물이 되어 이분이 빠져 죽을 수 있게 해주고 싶어. 하지만 성공하실지도 몰라. 그러면 그 음악은 새로 등극한 왕을 기리는 백성들의 우렁찬 나팔 소리가 될 수 있을 거야. 아니면 결혼식 날 새벽, 아직 꿈에 젖어 있는 신랑의 귓속을 파고들어 식장으로 그를 불러내는 달콤한 속삭임이 될 거야.

아, 이제 상자를 고르러 가시네. 당신이 살아나야 나도 살

수 있어요. 치열한 싸움터에 나선 당신보다 당신을 지켜보고 있는 내가 훨씬 괴로워요."

바사니오가 상자들 앞에서 어느 것을 고를까 고심하고 있는 사이 음악과 노랫소리가 들렸다.

> 사랑이 자라는 곳, 그 어디인가?
> 깊은 가슴속인가, 아니면 머릿속인가?
> 사랑은 어떻게 태어나 무엇을 먹고 자라는가?
> 대답하라! 대답을!
> 사랑이 자라는 곳은 바로 사람의 눈 속.
> 그 속에서 사랑은 자라지만 곧 죽어버린다네.
> 그리고 곧 요람 속에 누워버린다네.
> 자, 울리세, 사랑의 조종(弔鐘)을!

노래가 들리는 가운데 바사니오는 상자들을 앞에 두고 생각했다.

'으음, 금궤라……. 겉은 번쩍이지만 겉과 속이 다를 수 있어. 세상은 늘 거짓 외관에 속고 있지 않은가? 재판정에서는 교묘한 언변으로 곪고 썩은 죄악들을 감추기 일쑤고, 종교에서는 신성모독 죄를 범하고도 엄숙한 얼굴로 성경을 그럴듯하게 인용해서 자신의 속을 감추지 않는가! 속으로는 벌벌 떨고 있는 겁쟁이들이 전쟁의 신 마르스처럼 수염을 휘날리며 잘난 체하고 있지 않은가! 미인은 또 어떤가? 가장 무겁게 화장을 하는 여자일수록 가장 가벼운 법 아닌가?

그러니 허식이라는 건 사람들을 악마 곁으로 유혹하는 환상일 뿐이며 추악한 얼굴을 가리는 여자의 면사포일 뿐이다. 현명한 자의 눈을 흐리게 하는 외관만의 진실일 뿐이다. 그러니 찬란한 황금아, 너는 내게 소용이 없다. 그리고 너, 은? 창백한 낯을 한 채 사람들 사이에서 온갖 천한 짓을 일삼는 너? 너도 내게는 소용이 없다.

그리고 너 보잘것없는 납. 너는 사람들에게 희망을 갖게 하기보다는 사람들을 위협하지. 그 솔직함이 저 빛나는 웅변보다 내 마음을 움직이는구나. 나는 너를 고르겠다. 오, 제발 기쁜 결과를 맞이할 수 있기를!'

그가 하인에게 손을 내밀자 하인이 납으로 된 상자의 열쇠를 내주었다. 그 모습을 보고 있던 포샤가 흥분하여 어쩔 줄 모르며 혼잣말을 했다.

'아, 나를 사로잡고 있던 의심, 절망, 공포, 질투, 이 모든 것이 단번에 저 멀리 허공으로 사라져버리는구나. 사랑아! 너무 흥분하지 말고 진정해! 기쁨아, 적당히 나를 적셔주렴! 행복아, 나 이제 충분히 너로 가득 차 있으니 그만 덜어다오. 행복도 너무 포식하면 탈이 나는 법이니!'

그사이 바사니오는 납 상자를 열었다. 그리고 탄성을 질렀다.

"아, 이럴 수가! 포샤의 초상화라니! 신의 솜씨가 아니라면 어떻게 내 눈에 맞춰 이 눈동자가 움직일 수 있을까! 아, 입술! 입술도 내 입김에 답하여 열리고 있어! 화가는 어떻게 자신의 눈이 멀지 않고 이 눈을 끝까지 그릴 수 있었을까! 아니다! 더 이상 이 그림을 칭송하지 말자. 내 칭송이 오히려 이 그림을 욕보이는 셈이야! 아, 여기 종이가 있구나. 내 운명을 결정지을 글이 쓰여 있어."

그는 종이를 집어 들고 글을 읽었다.

눈으로 고르지 않는 사람만이

늘 옳게 고를 수 있습니다.

이제 이 행복은 당신 것이 되었으니
더 이상 새로운 것을 찾지 말고 만족하세요.
이 행복을 하늘이 주신 것으로 생각한다면
어서 그녀에게 가십시오.
가서 사랑의 입맞춤을 하고 그녀에게 청혼하십시오.

다 읽은 후 바사니오는 포샤에게 말했다.

"사랑하는 그대! 나는 과연 지금 이 행복이 내 것이 맞는지 멍할 뿐입니다. 그대가 확인해주지 않는다면 구름처럼 흩어져 버릴 신기루 같기만 합니다."

그러자 포샤가 대답했다.

"바사니오 님, 저는 당신 눈에 보이는 그대로의 여자일 뿐이에요. 저 혼자만을 위해서라면 이 모습만으로 만족하고 더 이상 바랄 게 없답니다. 하지만 당신을 위해서는 지금보다 수십 배 더 훌륭한 여자가 되고 싶어요. 천 배나 더 예쁜 여자가 되고 싶고 만 배나 더 부자가 되고 싶어요. 내가 지닌 덕, 아름다움, 재산, 모든 면에서 지금보다 더 훌륭한 사람이 되고 싶어요.

저는 비록 보잘것없지만 단 한 가지 장점이 있어요. 성격이 온순하다는 거지요. 그래서 당신을 제 주인으로 모시고 당신이 하자는 대로 따를 수 있어요."

포샤는 그에게 입맞춤을 한 후 다시 말했다.

"저 자신을 물론이고 제가 가진 모든 것이 이제 당신 것이 되었어요. 지금 이 순간부터 이 집과 재산, 하인 모두 제 주인인 당신 것이에요. 자, 당신께 이 반지도 함께 드리겠어요. 만일 이걸 손에서 빼놓거나 잃어버리거나 남에게 주신다면 나를 향한 당신의 사랑이 깨진 것으로 알겠어요. 그때는 아무리 온순한 저라도 가만히 있지 않을 거예요."

바사니오는 반지를 받아 손가락에 끼면서 말했다.

"아, 포샤. 내 입은 이제 할 말을 잊었소. 다만 내 혈관 속을 흐르는 피만이 내 마음을 당신에게 전하고 있을 뿐! 나는 너무나 황홀하고 기뻐 아무런 생각도 할 수 없소. 내 머릿속은 온통 혼란에 빠져 있소. 하지만 이것만은 분명히 말할 수 있소. 이 반지가 내 손가락에서 사라지는 날은 곧 내 생명이 사라지는 날이라는 것을. 만일 그런 일이 벌어진다면 서슴없이 말하시오. 바사니오는 이 세상에서 사라져버렸다고!"

그들이 행복에 겨워 말을 나누고 있는 사이 그들 곁으로 그라티아노와 네리사가 다가왔다. 네리사가 바사니오에게 말했다.

"바사니오 님, 그리고 아씨. 곁에서 두 분이 소원성취하시는 걸 지켜보고만 있었는데, 이제 진심으로 축하를 드려야겠어요. 정말 축하해요, 두 분."

그러자 옆에 있던 그라티아노가 말했다.

"나 같은 사람의 축하도 받아주겠다면 듬뿍 축하를 드리겠습니다. 근데 바사니오, 한 가지 할 말이 있네. 두 사람이 결혼할 때 나도 결혼하게 해주면……."

바사니오가 말했다.

"여부가 있나? 좋은 상대만 있다면."

그러자 그라티아노가 즉시 대답했다.

"고맙네. 사실은 사람이 있어."

그러더니 네리사의 손목을 잡았다.

"내 눈도 바사니오만큼 밝고 재빠르답니다. 바사니오가 포샤 당신의 눈을 보고 있을 때 나는 네리사의 눈을 보고 있었지요. 바사니오가 사랑을 속삭이고 있을 때 나도 그러고 있었고요. 나도 바사니오가 제대로 된 상자를 열기를 초조하게 바라고 있었습니다. 내 운명도 거기에 달려 있었으니까요. 나는 애걸한 끝에 네리사의 사랑을 얻는 데는 성공했지요. 하지만 조건이 있었습니다. 바사니오가 제대로 된 상자를 연다는 조건이었지요. 바사니오가 행운의 여신을 맞이할 때 나도 만세를 불렀답니다."

포샤가 네리사에게 놀란 목소리로 물었다.

"그게 정말이니, 네리사?"

"아, 예. 다만 아씨가 허락만 해준다면……."

그러자 바사니오가 말했다.

"됐어. 우리의 결혼식 자리는 자네들 결혼으로 더 빛나게 될 거야."

그렇게 넷이 모두 함께 기뻐하며 즐거워하고 있을 때였다. 예상치 못한 손님들이 들이닥쳤다. 로렌초와 살라리노가 하인의 안내를 받아 안으로 들어온 것이다.

그들을 보자 바사니오가 말했다.

"오, 로렌초, 그리고 살라리노. 어서들 오게나. 이 집 주인이 된 지 얼마 안 돼서 내가 환영할 처지인지는 모르겠지만 어쨌든 환영하네. 포샤, 내 고향 친구들이니 나와 함께 환영해줄 수 있겠지요?"

"물론이지요. 두 분 환영해요. 잘들 오셨어요."

그러자 로렌초가 말했다.

"실은 나는 이곳에 올 계획이 있었던 건 아닙니다. 다만 우연히 살라리노를 만나게 되었는데 함께 오자고 졸라대는 통에 어쩔 수 없이 함께 오게 된 것이지요."

그러자 바사니오가 살라리노에게 물었다.

"자네가 이곳으로 오자고 했다고? 무슨 볼 일이 있었나?"

"저, 실은 안토니오 씨가 편지를 건네주면서 자네에게 전해주라고 해서. 그리고 자네한테 로렌초를 부탁한다고 했네."

그 말이 끝나자 제시카가 머뭇머뭇 방문 앞에 나타났다. 네리사가 얼른 그녀에게 가서 손을 잡고 안으로 들어오게 했다.

살라리노로부터 안토니오의 편지를 건네받은 바사니오는 겉봉을 뜯고 편지를 읽기 시작했다. 그런데 편지를 읽어가면서 그의 낯빛이 변했다. 처음에는 하얗게 질리는 것 같더니 이어서 아예 흙빛으로 변하는 것 아닌가! 그것을 보고 포샤가 바사니오의 팔을 잡으며 말했다.

"무슨 내용인데 그러세요? 저는 당신의 반쪽이나 다름없어요. 그러니 적어도 그 편지 내용의 반이라도 제가 알아야 하겠어요.”

“아, 정말 나쁜 소식이오. 그 전에 당신에게 고백할 게 있소. 애초 내가 당신에게 사랑을 고백할 때 솔직히 말했지만 나는 재산이라고는 내 혈관 속을 흐르는 피밖에 없었소. 내가 신사라는 것, 그것 외에는 아무것도 없었단 말이오. 그건 사실이오. 하지만 내가 무일푼이라고 말한 건 반만 진실이었던 셈이오. 반은 거짓말을 한 거지. 실은 그보다 훨씬 못했다오. 당신에게 청혼할 비용을 마련하느라 빚을 졌소. 그런데 그 돈은 내 절친한 친구가 자신이 원수처럼 지내는 자에게서 마련한 거였소. 그런데, 이 편지 내용은……. 정말 내 친구가 입을 벌릴 때마다 피를 토하는 것처럼 한 구절 한 구절마다 내 마음을 아프게 하는군요.”

그는 편지를 포샤에게 건네준 후 살라리노에게 물었다.

“정말인가? 그 사람 사업이 완전히 실패했단 말인가? 세상 곳곳을 누비던 배들이 단 한 척도 돌아오지 못했단 말인가? 모조리 암초와 폭풍우와 해적의 제물이 되었단 말인가?”

“그래, 단 한 척도 돌아오지 못했어. 하지만 문제는 그것만이 아니네. 만일 지금 어디서 현금을 구할 수 있다 하더라도 그 유대인 놈은 받지 않을 기세야. 그렇게 완전히 남을 망치려고 덤벼드는 놈은 처음 봤어. 공작님을 성가실 정도로 졸라대면서 정식 재판을 열지 않는다면 베니스에 정의는 사라졌다고 떠들고 다니겠다는 거야. 상인이며 귀족, 심지어 공작님까지 나서서 아무리 설득을 해도 막무가내야."

그러자 옆에 있던 제시카가 말했다.

"제가 아직 집에 있을 때 아버지가 투발과 나누는 이야기를 들은 적이 있어요. 입을 꽉 다무시면서 마치 맹세하듯이, 안토니오 씨가 날짜를 어기면 이십 배의 돈을 가져오더라도 기어이 그 사람 살덩이를 갖겠다고 하셨어요. 법이나 권력의 힘으로 막지 않으면 안토니오 씨는 기어이 험한 꼴을 당하실 거예요."

이번에는 포샤가 바사니오에게 물었다.

"그렇게 곤란한 처지에 빠지신 분이 당신과 친한가요?"

"제일 친한 친구요. 훌륭한 인품에 남의 일에 발 벗고 나서서 도와주는 친구요. 아마 고대 로마 정신을 가장 잘 이어받은 이탈리아 사람일 거요."

"그렇다면 그 유대인에게 얼마를 빚진 거예요?"

"3,000두카트요. 그것도 오로지 나 때문에 지게 된 빚이지."

“겨우 그거예요? 그 두 배, 세 배라도 갚도록 하지요. 우선 교회로 가서 우리 결혼식을 올리고 빨리 베니스로 떠나도록 하세요. 편지에 보니까 그분도 당신을 한번 뵙기를 바라고 있잖아요.

당신 마음이 불안한 채 제 곁에 누우면 안 되니까요. 그까짓 빚 이십 배라도 갚을 수 있을 만한 돈을 드릴게요. 일이 다 정리되면 그 친구를 모시고 이곳으로 돌아오세요.”

바사니오와 그라티아노는 교회에서 결혼식을 마친 후 급히 베니스를 향해 출발했다. 포샤는 네리사, 로렌초, 제시카와 함께한 자리에서 로렌초에게 말했다.

“로렌초 님, 부탁이 하나 있어요. 남편이 돌아올 때까지 이 집 일을 좀 맡아서 해주세요. 제 남편과 네리사의 남편이 돌아올 때까지 우리는 만사가 잘되기를 빌며 조용히 묵상하고 기도하겠어요. 이곳에서 몇 킬로미터 떨어진 곳에 있는 수도원에 가 있으려고요.”

로렌초가 그러겠다고 하자 포샤는 네리사와 함께 집을 나서며 하인 발타차르에게 은밀히 말했다.

“그럼 내가 없는 동안 두 분을 주인으로 모시고 잘 지내도록 해라. 참, 그 전에 빨리 이 편지를 만토바에 있는 내 사촌 오빠 벨라리오 박사님께 전해줘. 그러면 박사님이 서류와 옷들을 네게 건네주실 거야. 그것들을 받으면 즉시 항구로 오도록 해. 베니스로 가는 배가 떠나는 항구 말이야. 자, 서둘러야 해. 어서 갔다 오도록 해.”

명을 받은 발타차르가 쏜살같이 떠나가자 포샤가 네리사에게 말했다.

“얘, 네리사. 네게 아직 이야기를 안 해주었다만 내게 묘안이 하나 있단다. 우리 한번 남편들을 만나보자꾸나. 물론 그 사람들은 우리인줄 눈치 채지 못하게 해야 해.”

“아니, 어떻게요?”

“남자로 변장을 하는 거지. 너, 나랑 내기할까? 우리 남장을 하면 누가 더 미남으로 보일지. 내가 더 미남일걸. 변성기 남자처럼 목소리를 꾸미고 거짓말을 꾸며대는 거야. 난 자신 있어. 어때, 너도 할 수 있겠니? 아무튼 가자. 자세한 이야기는 가면서 해줄게.”

그녀들은 마차에 올라 항구로 향했다.

4

드디어 샤일록의 고소가 접수되어 재판이 열리게 되었다. 안토니오가 죄수 신세로 간수의 호위를 받으며 재판정 앞에 앉아 있었고 방청석에는 바사니오와 그라티아노, 살라리노를 비롯해 수많은 청중들이 있었다. 얼마 후 흰 옷을 입은 공작과 배심재판관인 여섯 명의 고관이 위풍당당하게 들어와서 자리에 앉았다. 아직 샤일록은 법정 밖에서 대기하고 있었다.

간수들 사이에 앉아 있는 안토니오를 내려다보며 공작이 말했다.

"자네 안됐군. 자네를 고소한 자가 피도 눈물도 없고 인정

머리라고는 털끝만치도 없는 자니."

"공작님께서 그자를 달래보려고 애쓰신 것을 저도 잘 알고 있습니다. 정말 감사드립니다. 합법적으로는 이제 도저히 그자의 마수에서 벗어날 수 없음을 저도 잘 알고 있습니다. 그저 평온한 마음으로 그자의 발광을 인내하며 감수하리라 각오하고 있습니다."

공작이 샤일록을 출두시키라고 지시하자 법정 관리인이 밖으로 나가 샤일록을 데리고 들어왔다. 샤일록이 공작 앞에 서서 허리를 깊숙이 숙여 절을 하자 공작이 그를 내려다보며 말했다.

"샤일록, 그대가 지금까지 고집을 부려왔지만 결국은 자비와 연민을 보여줄 것이라고 나도 믿고 있고 세상 사람 모두 그렇게 생각하고 있다. 그대는 이 불쌍한 상인의 살덩어리 1파운드를 고집스럽게 위약금으로 원하고 있지만, 결국은 그 위약금을 면제해주고 원금의 일부라도 감해주리라고 모두들 믿고 있지. 저 상인이 최근에 입은 막대한 피해를 생각하면 제아무리 냉혹한 사람이라도 그를 동정하지 않겠나? 샤일록, 나는 그대 입에서 기대했던 답이 나오기를 바라고 있어."

“공작님, 제 생각은 이미 공작님께 다 말씀드렸습니다. 그리고 증서에 쓰인 대로 위약금을 받겠다는 제 결심을 저희의 안식일을 걸고 맹세한 바 있습니다. 공작님은 궁금하실 겁니다. 도대체 왜 3,000두카트를 마다하고 일부러 아무 쓸모 없고 더러운 인간의 살덩어리 1파운드를 원하는지 말입니다. 하지만 그 이유는 말씀드리지 않겠습니다. 제 기분이 그냥 그럴 뿐이라는 것으로 답변을 대신하겠습니다. 세상에는 통돼지 고기가 입을 벌리고 있다며 싫어하는 사람도 있고 고양이를 보면 미치는 사람도 있습니다. 그뿐 아니라 가느다란 피리 소리만 들어도 오줌을 참지 못하는 사람도 있습니다. 사람마다 감정이나 성격에 따라 기호(嗜好)가 달라지기 마련이니까요. 그러나 왜 그런지는 본인도 알지 못하는 법입니다. 굳이 제 경우를 말씀드리자면 아주 해묵은 원한과 증오심 때문이지 다른 합당한 이유는 없습니다.”

그러자 방청석에 있던 바사니오가 소리쳤다.

“이 인정머리라고는 털끝만큼도 없는 놈아! 그런 엉터리 대답이 어디 있느냐! 그걸로 네 잔인한 행동에 대한 변명이 되리라고 생각하느냐!”

그러자 샤일록이 고개를 돌려 바사니오를 쳐다보며 말했다.

"내가 당신 질문에 대답할 의무는 없지."

"그래, 자기가 싫다고 다 죽여도 된단 말이냐?"

"사람은 누구나 미우면 죽이고 싶어지는 게 당연하지."

"이런 더러운 놈! 마음에 안 든다고 죽일 만큼 미워해?"

둘이 티격태격하는 걸 보고 있던 안토니오가 바사니오에게 말했다.

"이보게, 저 유대인과 말다툼을 하느니 차라리 밀물 때 바닷가에 가서 바다 높이를 평소대로 해달라고 떼쓰는 게 나을 거네. 아니면 어린 양을 잡아먹은 늑대에게 새끼 잃고 슬퍼할 어미 양 생각은 하지도 않았느냐고 야단치는 게 나을지도 몰라. 저 늙은 유대인의 마음을 돌려놓을 수 있다면 이 세상에서 기적을 얼마든지 일으킬 수 있을 거야. 자, 이제 제발 저자에게 사정하거나 제안하지 말게. 빨리 판결을 받아 저자 소원 푸는 꼴이나 보는 게 나을 거야."

그러자 공작이 마지막으로 한 번 더 샤일록을 나무랐다.

"남을 그렇게 동정할 줄 모르면서 신의 자비를 바라는가?"

"저는 잘못한 것이 없으니 어서 판결이나 내려주십시오. 여러분도 돈으로 노예를 사서 개나 소처럼 부리지 않습니까? 왜죠? 그 노예를 돈을 주고 샀으니까요. 만일 내가 여러분 보고 '노예를 해방시키고 당신 딸과 결혼시키시오. 노예도 인간이고 더욱이 저렇게 일을 잘하지 않소'라거나, '그렇게 무거운 짐을 지우면 어떻게 하오?'라거나, '그들 잠자리가 너무 형편없지 않소? 당신들처럼 푹신한 침대에서 재우시오. 음식도 당신들과 같은 걸 먹게 하시오'라고 말한다면 여러분은 뭐라고 답할까요? 아마 '참견 마. 이 노예는 내 거야'라고 대답할 겁니다.

나도 마찬가지입니다. 내가 원하고 있는 건 사람 고기 1파운드입니다. 그걸 얻기 위해 나는 비싼 값을 치렀습니다. 그러니 그건 내 거고, 나는 내 걸 갖겠다는 겁니다. 만일 그걸 거부하신다면 이탈리아 법률은 다 휴지 조각이 되겠지요. 여러분이 애써 장만한 재산을 아무나 와서 막 가져가겠지요. 자, 저는 법에 근거한 공정한 판결을 요구합니다."

그러자 공작이 말했다.

"나는 내 권한으로 이 법정을 폐정시킬 수 있다. 그런데 나는 이 사건의 판결을 위해 파도바에 살고 있는 석학 벨라리오 박사를 특별히 초대했다. 오늘 도착하기로 했다."

그때 정리(廷吏)가 와서 벨라리오 박사의 편지를 갖고 온 사람들이 도착했음을 알렸다. 공작이 그들을 들어오라고 하자 정리는 다시 밖으로 나갔다. 그사이 샤일록은 허리춤에서 칼을 꺼내더니 자리에 앉아 갈기 시작했다.

잠시 후 정리가 서기 복장을 한 네리사를 데리고 들어왔다. 네리사는 물론 남장을 하고 있었다. 공작이 네리사에게 물었다.

"그대가 파도바에서 온 벨라리오 박사의 심부름꾼인가?"

네리사는 주머니에서 편지를 꺼내 공작에게 건넸다.

"네, 공작님. 박사님께서 공작님께 안부를 전하라 하셨습니다. 여기 편지도 한 통 보내주셨습니다."

공작이 편지를 읽더니 모두에게 말했다.

"벨라리오 박사가 아주 박식하고 유능한 젊은이를 자기 대신 추천했군."

이어서 공작이 네리사에게 물었다.

"그래, 그 젊은이는 어디 있는가?"

"이 근처에서 공작님의 처분을 기다리고 있습니다."

"어서 불러오도록 해라."

공작은 지시를 내린 후 직접 큰 소리로 편지를 읽었다.

공작님께 이 서신을 올립니다. 공작님께서 제게 서신을 보내셨을 때 저는 병으로 앓아누워 있었습니다. 마침 그때 로마의 청년 박사 발타차르 씨가 문병차 제 집에 와 있었습니다. 저는 공작님께서 제게 보내주신 사연을 그에게 소상히 설명해주었습니다. 그리고 제 의견을 그에게 말해주었습니다. 그러자 그가 자신의 의견을 내놓았는데 저보다 훨씬 박식하고 판단력도 좋았습니다. 저는 그 자리에서 병중에 있는 저 대신 공작님의 요청에 응해줄 것을 그에게 부탁했고, 그가 흔쾌히 수락하여 이렇듯 공작님의 의견도 묻지 않고 그를 저 대신 보내게 된 것입니다. 그는 아직 나이는 어리나 공부와 지혜에서 나이 먹은 저를 능가할 정도입니다. 공작님, 공작님께서 그를 응당 환대해주리라고 저는 믿습니다. 제가 잘못된 추천을 하지 않았음을 공작님께서는 그의 판결을 보고 확인하실 수 있으리라고 확신합니다.

공작이 편지를 다 읽었을 때 법학 박사 복장을 한 포샤가 손에 책을 한 권 들고 법정으로 들어섰다. 공작이 그를 옆으로 오라고 하더니 손을 내밀었다.

"그대가 벨라리오가 추천한 발타차르 박사요? 잘 왔소. 자, 이 사건 내용은 들어서 잘 알고 있겠지요?"

포샤가 대답했다.

"네, 자세히 들었습니다. 그런데 어느 쪽이 상인이고 어느 쪽이 유대인인가요?"

그러자 공작이 둘에게 말했다.

"자, 안토니와와 샤일록, 둘 다 앞으로 나와 서도록 해라."

포샤가 샤일록에게 물었다.

"당신 이름이 샤일록이요?"

"예, 그렇습니다."

"그러면 이쪽이 안토니오겠군. 자, 샤일록 씨, 당신의 소송 내용은 괴이하기는 하지만 법에 위배되는 점은 없는 것 같소. 자, 안토니오 씨에게 묻겠소. 당신의 생사권이 저 사람에게 달려있다는 것을 인정합니까? 증서가 정당하다는 것을 인정합니까?"

"예, 인정합니다."

"그렇다면 원고에게 선처를 부탁하는 수밖에 없겠군. 자,

샤일록 씨에게 마지막으로 묻겠소. 자비를 베풀 생각이 없소? 자비는 그것을 베푼 사람이나 그 혜택을 입은 사람 모두에게 복을 내리오. 마치 하늘에서 내리는 단비와 같은 거요. 자비는 군왕의 위엄보다 더 높이 있으며 군왕은 그로 인해 더 위대해질 수 있는 것이오. 그건 바로 저 하느님의 덕이오. 샤일록 씨. 당신의 주장은 옳소. 정의롭다는 말이오. 하지만 누구나 정의만을 좇는다면 이 세상에 구원은 없을 것이요. 우리는 하느님께 자비를 베풀어주시기를 기원하지만, 하느님은 우리 인간들끼리 먼저 자비를 베풀라고 가르치시오. 당신은 하느님의 자비를 바라지 않소?"

그러자 샤일록이 대답했다.

"벌써 수십 차례 반복했던 이야기입니다. 내가 한 행동의 결과는 내가 책임지고 감당할 겁니다. 어서 공정한 재판이나 해주시길 바랍니다. 증서에 있는 대로 위약금을 받아야겠습니다."

그러자 포샤가 안토니오에게 물었다.

"상인은 채무를 이행할 능력이 없소?"

그러자 방청석에 있던 바사니오가 일어나며 말했다.

"채무를 이행할 능력이 있습니다. 그것도 두 배나 세 배, 아니 열 배라도 제가 대신 변제해줄 수 있습니다. 그것으로 부족하다면 제 손이나 머리, 심장을 담보로 해도 좋습니다. 저자는 그 모든 것을 거부하고 있습니다."

그는 앞으로 나와 무릎을 꿇고 양손을 들었다.

"아, 재판관님! 부디 간청드립니다. 직권으로 단 한 번만 법을 휘어지게 해주시기를! 대의를 위해 작은 정의를 희생할 수 있기를! 제발 이 악마 같은 놈의 요구를 막아주십시오."

그러자 포샤가 엄한 목소리로 말했다.

"그건 절대로 안 될 말이오. 이 베니스의 그 어떤 권력으로도 법을 어기거나 좌지우지할 수는 없소. 단 한 번이라도 그런 일이 생기면 그게 전례가 되어 국가의 큰 화근이 될 수 있소. 다시는 그런 말 하지 마시오."

샤일록이 만면에 기쁨의 웃음을 띠고 말했다.

"참으로 명판결이십니다. 젊으신 분이 어쩌면 그리 현명하십니까."

포샤가 샤일록에게 말했다.

"어쨌든 그 증서를 보고 법대로 할 수밖에 없소. 샤일록 씨, 증서를 가지고 있으면 내게 보여주시오."

샤일록이 증서를 건네자 포샤는 증서를 받으며 말했다.

"자, 샤일록 씨. 마지막으로 묻겠소. 피고 측에서는 이 증서에 적힌 금액의 세 배를 지불하겠다고 했소. 그래도 받아들이지 않겠소?"

"저는 제 영혼에 대고 맹세했습니다. 이 베니스 전체를 제게 준다고 해도 싫습니다."

포샤는 증서를 들여다본 후 말했다.

"기한이 지났군요. 자, 샤일록 씨에게는 당연히 이 증서에 명시된 대로 이 상인의 심장 가장 가까운 곳에서 살덩어리 1파운드를 베어낼 권리가 있소. 자, 샤일록 씨, 마지막이오. 자비심을 발휘하여 세 배의 돈을 받고 이 증서를 찢어버립시다."

"찢으셔도 좋습니다. 하지만 채무가 완전히 이행된 다음이라야 합니다. 재판관님은 정말 영명하십니다. 법률에도 정말 밝으시고요. 어서 판결을 내려주십시오. 다시 한 번 제 영혼에 대고 맹세하지만 어느 누구도 제 마음을 돌릴 수는 없습니다."

그러자 안토니오가 말했다.

"재판관님, 저도 간절히 바랍니다. 더 이상 시간 끌지 말고 어서 판결을 내려주십시오."

"그렇다면 당신은 가슴에 저 사람의 칼을 받을 각오를 하시오. 이 증서에 명시된 위약금은 단 한마디도 법에 저촉되는 게 없으니까. 자, 판결을 내리겠소. 상인은 가슴을 내놓으시오. 그리고 유대인, 당신은 살덩이 무게를 잴 저울을 준비했소?"

"그럼요, 여부가 있겠습니까."

샤일록은 대답하며 외투 속에서 저울을 꺼냈다.

그러자 포샤가 말했다.

"그리고 샤일록 씨, 당신 비용으로 의사를 불러오시오. 출혈이 심해서 죽으면 안 되니, 빨리 상처를 치료해야 하오."

샤일록이 눈을 동그랗게 뜨고 반문했다.

"아니, 그런 게 증서에 쓰여 있습니까? 증서에 쓰여 있지 않다면 해줄 수 없습니다."

"아니, 마지막으로 그대의 자비에 호소해본 거요. 자, 안토니오 씨, 형을 집행하기 전에 할 말이 있으면 해보시오."

"별로 없습니다."

그러더니 그는 옆으로 고개를 돌려 옆에 있던 바사니오에게 말했다.

"이보게, 바사니오. 잘 있게나. 자네 때문에 내가 이렇게 된 거라고 자책할 필요 없네. 오히려 운명의 여신이 나를 친절하게 도와주신 거야. 거지꼴이 된 채 말년에 고생하는 꼴을 면하게 해주신 거지. 부인께 안부 전해주게. 내 최후에 대해 이야기해주고 내가 자네를 얼마나 사랑하는지 전해주게. 자네가 친구를 잃은 것을 슬퍼해주는 것만으로 나는 위안이 된다네. 내가 자네 부채를 이런 식으로 갚는 것이 조금도 슬프지 않네. 저 유대인이 내 가슴에 깊숙이 칼을 찔러 넣는 순간, 나는 기꺼이 내 심장을 바쳐 자네 채무를 갚아줄 것이네."

"아, 안토니오. 내 아내는 내게 내 생명만큼 소중한 사람이라네. 하지만 내 생명도, 내 생명처럼 소중한 내 아내도, 아니 이 세상 전부라도 자네 생명만큼은 소중하지 않다네. 내 모든 것을 다 잃어도 좋아. 아니, 내가 소중히 여기는 것을 모두 악마에게 바쳐도 좋아. 오로지 자네 목숨만 구할 수 있다면……."

그러자 포샤가 바사니오에게 말했다.

"바사니오 씨, 지금 당신이 한 말을 만일 당신 아내가 듣는다면 좀 언짢아하겠군요."

그러자 그라티아노도 한마디 했다.

"저도 얼마 전 아내를 얻었고 아내를 너무나 사랑합니다. 하지만 아내가 지금 당장 천국에 가서 저 개 같은 유대인 놈이 마음을 고쳐먹을 수 있도록 하느님께 빌어주면 좋겠습니다."

그러자 네리사가 한마디 했다.

"그런 말은 부인이 듣지 않는 데서 조심스럽게 해야 할 겁니다. 공연히 가정불화가 날 수도 있으니까요."

이윽고 포샤가 샤일록에게 말했다.

"자, 저 사람의 심장 근처 근육 1파운드는 당신 것이오. 이는 국법이 용인하는 것이고 이 법정이 결정한 것이오. 그러니 당신은 저 사람의 가슴에서 근육 1파운드를 떼어내도록 하시오."

"정말 명재판관에 명판결이야."

샤일록은 중얼거리며 칼을 들고 앞으로 나섰다. 그러자 포샤가 말했다.

"좀 기다리시오. 당신에게 일러둘 말이 있소. 이 증서를 보니 피는 한 방울도 당신에게 준다는 내용이 없소. '근육 1파운드'라고 분명히 적혀 있소. 자, 이 증서대로 근육 1파운드를 베어 가시오. 그 대신 만일 단 한 방울의 피라도 흘리면 당신은 베니스 국법에 따라 전 재산을 몰수당하게 될 거요."

샤일록이 어안이 벙벙해서 물었다.

"아니, 그게 무슨 법입니까?"

그러자 포샤가 법률 책을 내보이며 말했다.

"자, 여기 조문을 똑바로 보시오. 당신은 당신 입으로 엄격한 정의를 요구했지요? 당신이 법을 위반하면 똑같이 엄격하게 정의에 따라 재판할 것이오."

한순간에 상황이 뒤집혀버렸다. 그러자 샤일록은 이리저리 머리를 굴려보았다. 그렇지만 뾰족한 수가 떠오르지 않았다.

기가 꺾인 샤일록이 포샤에게 말했다.

"그럼 아까 말대로 하겠습니다. 그러니 이 증서에 적힌 위약금의 세 배를 지불하게 해주십시오. 그리고 저 기독교도는 석방해주십시오."

그 말을 들은 바사니오가 돈을 꺼내며 외쳤다.

"자, 여기 있으니 가져가라!"

그러자 포샤가 바사니오를 막으며 말했다.

"잠깐만 기다리시오. 이미 판결은 났소. 판결을 되돌릴 수는 없소. 그리고 원고인 샤일록 씨가 그토록 원한 대로 정의롭게 일을 처리해야 하오. 자, 어서 근육을 떼어낼 준비를 하시오. 단 피는 한 방울도 흘려서는 안 되오. 또한 근육도 정확히 1파운드여야만 하오. 조금이라도 모자라거나 넘치면 그대는 법을 어긴 게 되오. 머리칼 한 올만큼의 무게라도 틀리면 당신은 사형이며 전 재산은 몰수요."

샤일록은 어쩔 줄 몰라 쩔쩔 매고만 있었다. 그러자 포샤가 재차 말했다.

"아니, 뭘 망설이고 있는 거요? 위약금을 받으라는 판결이 났는데 어서 받아내지 않고."

샤일록이 우물쭈물 말했다.

"저, 위약금은 안 받을 테니 원금만 받고 돌아갈 수 있게 해 주십시오."

"여기서 판결한 것은 위약금에 대한 것이니 다른 것은 판단할 수 없소."

"빌어먹을!"

샤일록은 다 틀렸다고 생각하고 툴툴거리며 법정 밖으로 나가려고 했다. 그러자 포샤가 그를 불러 세웠다.

"거기 서시오. 아직 한 가지 법의 적용을 받을 일이 남았소. 내가 법 구절을 읽어주겠소."

포샤는 법률 책을 펼쳐들더니 읽기 시작했고, 샤일록은 멍청하게 들을 수밖에 없었다. 읽기를 마친 포샤가 말했다.

"자, 잘 들었지요? 이 베니스 법률에 따르면 만일 외국인이 직접 또는 간접으로 베니스 사람의 생명을 위협하는 짓을 하면 전 재산을 몰수하도록 되어 있소. 그중 반은 피해자의 몫이 되고 반은 국고로 환수된다고 명시되어 있지요. 당신은 피고인의 생명을 직접 또는 간접으로 위협한 죄를 지었소. 증거도 있고 여기 모든 사람들이 증인이오. 그러니 원고 샤일록 씨는 공작님 앞에 무릎을 꿇고 자비를 구해야 할 것이오."

그러자 공작이 말했다.

"그대는 그토록 자비를 베풀 줄 몰랐으나 나는 거꾸로 자비를 베풀겠다. 그대 재산의 반은 안토니오에게 주고 국고로 환수될 재산의 반은 가벼운 벌금형으로 감해주겠다."

그러자 안토니오가 말했다.

"공작님, 그리고 재판관님. 샤일록에 대한 벌금은 면제해주시길 간청드립니다. 샤일록 재산의 반은 제가 일단 관리하겠습니다. 단 최근에 저 사람의 딸과 함께 몰래 도망쳐 결혼한 사람에게 그 재산을 양도하겠다는 증서를 저 사람이 쓰게 해

「판결을 내리는 포샤 Portia pronouncing sentence」

영국 화가 프랭크 하워드의 1830~1831년경 작품. 이 작품에서 셰익스피어는 복수심에 불타는 유대인 샤일록과 자비로운 기독교도 인물들을 뚜렷이 대비시킨다. 그리고 샤일록이 '해피엔딩'을 맞도록 강제로 기독교로 개종시킨다. 그래야만 그를 불신앙과 안토니오를 죽이려 한 죄에서 구원할 수 있기 때문이다. 이것은 당시 기독교 국가인 영국의 반유대주의를 반영한다고도 볼 수 있다. 그러나 그보다는, 법과 정의라는 잣대를 들이대며 몰인정하게 처벌에만 매달릴 것이 아니라, 자비와 너그러움이라는 인간다운 가치를 더 소중히 여긴 것이라고 이해하는 편이 좋다.

주십시오. 다만 두 가지 조건이 있습니다. 그중 하나는 저 사람이 기독교도로 개종할 것, 다른 하나는 자기 유산 일체를 딸과 사위 로렌초에게 물려주겠다는 증서를 이 법정에서 작성할 것, 이상 두 가지 조건을 요구하겠습니다."

포샤가 샤일록에게 받아들이겠느냐고 묻자 그는 기어들어가는 목소리로 받아들이겠다고 답했다. 그러자 포샤가 네리사에게 말했다.

"자, 서기. 양도증서를 작성하게."

그러자 샤일록은 빨리 집에 가서 쉬어야겠다며 양도증서에 대한 서명은 나중에 집으로 찾아오면 하겠다고 사정했다. 공작이 허락하자 그는 풀죽은 모습으로 법정을 나섰다.

그가 나가자 공작이 일어서며 집에 함께 가서 식사나 하자며 일행을 초대했다. 하지만 포샤가 오늘 밤 안으로 파도바로 떠나야 한다면 고사했고, 그러자 공작은 수행원들의 호위를 받으며 법정을 떠났다.

공작이 떠나자 바사니오가 포샤에게 말했다.

"정말 너무 고마워서 어떻게 감사를 표해야 할지……. 박사님 덕분에 저와 제 친구는 무서운 곤경에서 벗어날 수 있었습니다. 제 성의의 표시로 그 유대인에게 지불해야 했던 3,000두카트를 드리겠습니다. 약소하지만 받아주십시오."

안토니오도 거들었다.

"당연히 그것만으로는 부족합니다. 영원히 그 은혜에 보답할 것입니다."

포샤가 사양하며 대답했다.

"두 분이 마음속으로 만족했다면 그걸로 족합니다. 나도 두 분을 구해줄 수 있어서 만족하고 있으니까요. 그것만으로 충분히 보답받은 셈입니다. 훗날 다시 만날 때 나를 알아봐주면 감사하겠습니다. 그럼, 이만 실례하겠습니다."

포샤가 나가려 하자 바사니오가 황급히 그 뒤를 따랐다.

"실례인줄 알지만 억지로 떼를 좀 써야겠습니다. 보수라고 생각하지 마시고 무슨 기념이 될 만한 거라도 받아줄 수 없으십니까? 이렇게 그냥 가시면 제가 너무 섭섭합니다. 제발 무례를 용서하시고 제 청을 받아주십시오."

포샤는 문 앞에 멈춰 서서 말했다.

"그렇게까지 말씀하니 감사히 받겠습니다. 그럼, 안토니오 씨, 당신이 끼고 있는 그 장갑을 제게 줄 수 있겠습니까? 제가 기념으로 쓰겠습니다. 그리고 바사니오 씨는 손가락에 끼고 있는 그 반지를 제게 줄 수 있으신지요? 더 이상은 바라지 않겠습니다."

바사니오는 황급히 손을 뒤로 빼며 말했다.

"하지만 너무 변변치 않은 거라서. 뭔가 다른 걸 원하신다면……."

"그것 아니면 다른 건 필요 없습니다. 어쩐지 그게 마음에 들어서요."

"실은 이게 값이 문제가 아니라서……. 제가 베니스에서 제일 값나가는 반지를 하나 사드리겠습니다. 그러니 제발 이 반지만은……."

"이런, 저를 조롱하는군요. 처음에는 제가 원하는 걸 고르라고 하더니, 이젠 거꾸로 당신이 다른 것을 고르라고 조르고 있으니 말이죠."

"솔직히 말씀드리지요. 사실 이 반지는 아내에게서 받은 것입니다. 이 반지를 손가락에 끼면서 절대로 팔지도, 누구에게 주지도, 잃어버리지도 않겠다고 맹세했습니다."

"됐습니다. 주기 아까울 때는 누구나 그런 구실을 내세우기 마련이지요. 부인이 좀 이상한 분만 아니라면 제가 이 반지를 받을 만한 사람이라는 걸 인정하실 텐데요. 언제까지나 원망만 하고 있지는 않을 것 같은데요. 그럼 안녕히 계세요."

포샤와 네리사는 인사를 한 후 문을 열고 밖으로 나갔다.

그러자 안토니오가 바사니오에게 말했다.

"이보게, 바사니오. 그 반지를 얼른 갖다 드리게나. 자네 부인과 한 약속도 약속이지만 저분이 우리에게 베풀어준 것과 자네와 나의 우정을 생각해보게."

바사니오는 반지를 빼면서 그라티아노에게 말했다.

"이보게, 얼른 쫓아가서 이 반지를 드리고 오게. 그리고 가능하면 저분을 안토니오 집으로 모시고 오게."

그라티아노가 황급히 문밖으로 나가자 바사니오가 안토니오에게 말했다.

"자, 우리도 이제 가보세. 오늘은 저분과 저녁을 하고 내일 아침 일찍 우리 함께 벨몬트로 떠나기로 하세."

한편 법정 밖으로 나온 포샤는 네리사에게 증서를 내주며 말했다.

"네리사, 이걸 샤일록 씨 집으로 가지고 가서 서명을 받아와. 우린 오늘 밤 안으로 빨리 여길 떠나서 남편들보다 먼저 벨몬트에 가 있어야 해. 이 증서를 보면 로렌초가 얼마나 기뻐할까?"

그때 그라티아노가 법정에서 뛰어나오며 말했다.

"아, 박사님! 다행히 멀리 안 가셨군요. 바사니오 씨가 이 반지를 전해드리라고 해서 급히 나오는 길입니다. 그리고 오늘 저희와 저녁 식사를 함께하시면 좋겠다고 했습니다."

"저녁은 안 되겠지만 반지는 받겠어요. 그리고 미안한 부탁이 하나 있어요. 저 서기 청년을 샤일록 노인 집까지 좀 바래다줄 수 있을까요?"

"예, 기꺼이 그러겠습니다."

그라티아노와 함께 몇 걸음 걷던 네리사가 잠깐 여쭐 말씀이 있다고 하면서 포샤 옆으로 되돌아오더니 귓속말을 했다.

"저도 남편이 낀 저 반지를 빼앗아봐야겠어요. 죽을 때까지 끼고 있겠다고 맹세한 반지인데……."

"그래, 꼭 빼앗아. 그럴 수 있을 거야. 나중에 남자들을 좀 민망하게 만들자꾸나. 얼마나 재미있는 일이니."

5

포샤와 네리사는 그날 밤 늦게 벨몬트에 도착했다. 로렌초와 제시카가 그녀들을 반갑게 맞이했다. 포샤는 네리사를 시켜 하인들에게 자신들이 집을 비웠던 사실을 절대로 내색하지 말라 지시했다. 또 로렌초와 제시카에게도 신신당부했다.

그런데 그들이 집 안으로 들어가기도 전에 바사니오와 안토니오, 그라티아노가 하인들과 함께 벨몬트의 포샤 집에 도착했다. 바사니오는 안토니오 집에서 하루 머물며 박사 일행을 대접하려 했지만 그들이 한사코 마다하며 떠나자 더 이상 베니스에 머물 필요가 없다고 생각하고 그날로 출발한 것이었다.

포샤를 본 바사니오는 감격스럽게 말했다.

"아, 당신은 너무 눈부셔! 당신이 길을 걸어 다닌다면 해가 떠 있지 않더라도 지구 저편까지 환하게 빛날 거요."

그러자 포샤가 장난기 머금은 목소리로 말했다.

"세상을 밝게 해주는 건 좋지만 전 그렇게 경박한 여자가 되고 싶지는 않아요. 아내가 경박하면 남편은 우울해지는 법이라잖아요. 전 당신을 그렇게 만들고 싶지 않아요."

"고마운 말이오. 여보, 여기 내 친구를 소개하겠소. 내 친구 안토니오를 반갑게 맞아주기 바라오. 내가 정말로 신세를 많이 졌소."

"저도 알아요. 안토니오 님, 제 남편 때문에 너무나 어려운 짐을 지셨어요. 정말 감사드려요."

안토니오가 정중하게 인사하며 대답했다.

"좀 무거운 짐이었던 건 사실이지만 이제 훌훌 다 털어버렸습니다."

그때였다. 한쪽에서 네리사와 이야기를 나누고 있던 그라티아노가 무슨 일인지 쩔쩔매며 네리사에게 애걸하는 광경이 그들 눈에 들어왔다.

그라티아노가 네리사에게 사정조로 말했다.

"저기 저 달에 맹세하지만 그런 말은 하지 말아줘요. 정말이야. 그 반지는 재판관 서기에게 주었다니까. 그 사람 왜 그렇게 그 반지를 달라고 통사정을 해대는 건지, 원. 고자나 돼버리면 좋겠다. 제발 화 좀 풀어요."

그러자 포샤가 네리사에게 말했다.

"아니, 왜 보자마자 부부싸움을 하는 거야? 도대체 무슨 일인데?"

그라티아노가 얼른 대답했다.

"글쎄, 하찮은 금반지 하나 때문에 이 난리랍니다. 이 사람이 내게 선물한 건데 '나를 사랑하고, 나를 버리지 말아요'라고 새겨져 있지요."

그러자 네리사가 발끈해서 말했다.

"하찮다니요? 그리고 우리끼리 은밀하게 한 맹세는 왜 공개하는 거예요? 그걸 받으면서 당신도 맹세했잖아요. 죽을 때까지 지니고 있을 것이며, 당신이 죽으면 무덤에 함께 묻어달라고요. 그런데 그걸 낀 지 하루 만에 재판관 서기에게 줘버려요? 쳇, 그 서기란 사람, 사실은 얼굴에 수염이라곤 절대 안

날 사람이지요, 그렇죠?"

"아직 어려서 그렇지 나이를 먹으면 수염이 날 거요."

"흥, 그렇겠지요. 당신 아내가 나이를 먹어서 사내로 변한다면요!"

"아니, 정말이라니까! 정말 맹세하지만 아직 앳된 소년에게 주었다니까. 당신 정도 키였소. 얼마나 그 반지를 달라고 졸라 대는지 도저히 거절할 수가 없었어요."

그러자 네리사 대신 포샤가 나서며 말했다.

"그라티아노 님, 당신이 나빠요. 맹세까지 하면서 손가락에 낀 반지를 그렇게 쉽게 빼주면 되나요? 당신 손가락에 못으로 박아놓은 것처럼 간직해야 하는 것 아닌가요? 나도 남편에게 반지를 하나 선물하면서 절대로 빼놓지 않겠다는 맹세를 받았어요. 우리 그이는 누가 세상을 다 준다 해도 반지를 손가락에서 빼지 않을 거예요. 그라티아노 님. 정말 너무하는군요. 부인을 이렇게 슬프게 만들다니! 나 같으면 미쳐버렸을 거예요."

포샤가 하는 말을 듣고 있자니 바사니오는 죽을 맛이었다. 그는 속으로 중얼거렸다.

'아이고, 차라리 이 손가락을 잘라버릴걸! 반지를 잃지 않으려다가 손가락이 잘렸다고 둘러댈걸!'

그러자 그라티아노가 잘됐다는 듯 포샤를 향해 말했다.

"사실 바사니오도 재판관에게 반지를 내주었답니다. 나보다 먼저 주었어요. 그 재판관이 왜 그렇게 반지를 탐냈는지 영문을 모르겠군요. 하긴 그 재판관은 그 반지를 받을 만했어요. 어쨌든 재판관이나 서기나 다른 건 다 필요 없고 반지만 달라고 졸라대다니, 도대체 무슨 일인지!"

그러자 포샤가 눈을 휘둥그레 뜨고 바사니오에게 물었다.

"여보, 당신 재판관에게 무슨 반지를 주신 거예요? 설마 제가 선물한 그 반지는 아니겠지요?"

"실수에 거짓말까지 해도 괜찮다면 아니라고 하고 싶소. 하지만 다 소용없는 짓이겠지. 자, 손가락을 보시오. 반지는 없소. 너무 고마워서 그 재판관에게 줘버렸소."

그러자 포샤가 놀라서 소리쳤다.

"아니, 어쩌면 그럴 수가! 당신 마음은 거짓으로 온통 가득 차 있군요."

그녀는 매몰차게 등을 돌리며 말했다.

"그 반지를 다시 보기 전까지는 당신과 잠자리를 하지 않을 거예요. 하늘에 대고 맹세해요."

바사니오가 포샤에게 사정조로 말했다.

"여보, 당신도 사정을 알고 나면 그렇게까지 화를 내지는 않을 거요. 누구에게 줬는지, 왜 줬는지, 또 얼마나 마지못해 줬는지 알면 나를 용서해줄 거요. 어찌나 막무가내로 그 반지만 원하던지……."

"그런 말 마세요. 그 반지의 가치를 알고 있다면 그렇게 쉽게 내주지는 않았을 거예요. 그 반지에는 제 명예가 걸려 있어요. 제 명예의 반만을 위해서라도 끼고 있어야 한다고 생각했다면 그렇게 쉽게 빼지는 않았을 거예요. 그 재판관이 훌륭한 사람이라면서요? 그런 사람이 남의 사랑의 정표를 그렇게 막무가내로 달라고 했을 리 없어요. 그래요. 네리사 말이 맞아요. 그 반지는 어떤 여자에게 준 거예요."

"천만에! 내 명예와 영혼에 걸고 맹세하오. 그건 어느 법학 박사님에게 준 거요. 그분은 3,000두카트의 사례금도 마다하고 그 반지만 원했소. 한 번 거절했더니 무척 섭섭해하고 심지어 괘씸해하는 눈치였소. 여보, 포샤! 그분이 어떤 사람이오? 바로 내 친구의 생명을 구해준 사람이오. 내 친구는 또 어떤 사람이오? 나 때문에 목숨을 잃게 되었는데 나를 원망하지 않고 오히려 달래준 사람이오. 그런 분이 간절히 원하는데 어떻게 주지 않을 수 있겠소? 할 수 없이 그라티아노 편에 그 반지를 보냈소. 그러지 않으면 그분에게 배은망덕한 사람으로 보일 것 같았소. 그런 오명을 쓴다는 건 내 명예에 먹칠을 하는 거요.

그러니 여보, 제발 용서해주시오. 저 거룩한 하늘의 별들에 대고 맹세하지만, 만일 당신이 그 자리에 있었더라면 나보다 먼저 반지를 빼서 그 훌륭한 박사님에게 주었을 거요."

"그렇다면 그 박사님은 절대로 이 집에 발을 들여놓으면 안 돼요. 당신이 저를 위해 언제까지나 끼고 있겠다던 반지를 그 분이 지금 가지고 계시잖아요. 그렇다면 저도 그분이 원하는 건 다 해드려야 도리가 아니겠어요? 제가 가지고 있는 건 뭐든지요. 제 몸, 당신과 나의 침실까지 그분이 원하면 거절하지 못할 것 아니겠어요? 어쩐지 그분하고는 마음이 잘 맞을 것 같아요. 그러니, 여보, 앞으로 나를 잘 감시해야 할 거예요. 잠시라도 소홀히 내버려두면 전 그 박사님과 잠자리를 하게 될 거예요."

네리사도 옆에서 거들었다. 그녀가 그라티아노에게 말했다.

"저도 그 서기와 잠자리를 할 거예요. 그러니 당신도 나를 한시도 혼자 내버려두지 말고 잘 감시해야 할걸요. 흥, 웬 여자한테 반지를 주고 와서 무슨 말도 안 되는 변명을 해대다니!"

네리사가 하도 거세게 몰아붙이자 그라티아노도 결국 화가 났다.

"그래, 잘 테면 자라지! 그놈의 서기 녀석, 나한테 잡히기만 해봐라! 내 그놈을……."

두 쌍의 부부싸움을 어쩔 줄 몰라 하며 지켜보던 안토니오가 마침내 나섰다.

"제발 좀 고정들 해요. 정말 미안합니다. 이 싸움의 빌미가 된 게 바로 나였으니……."

그러자 포샤가 말했다.

"아녜요. 그런 말씀 하지 마세요. 안토니오 님은 우리 집의 귀한 손님이세요. 언제고 환영받으실 거예요. 그런 분 앞에서 이런 모습 보여서 죄송해요."

바사니오가 다시 용기를 내어 포샤에게 사정했다.

"여보, 제발 이번만 용서해줄 수 없겠소? 내 영혼에 걸고 맹세하오. 다시는 이런 일이 없을 거고 이 맹세를 깨뜨리는 일도 절대 없을 거요."

이어서 안토니오가 포샤에게 사정했다.

"나는 이 친구의 행복을 위해 내 몸을 저당 잡혔었습니다. 그 박사님이 없었다면 나는 목숨을 잃었을 것입니다. 이 친구는 그 반지를 박사님에게 줌으로써 우리의 우정을 확실히 보여준 겁니다. 하지만 두 번 다시 그럴 일은 없을 것입니다. 나도 내 영혼을 걸고 부인에게 맹세합니다. 이 친구가 부인과 한 맹세를 깰 일은 절대로 없을 것입니다."

그러자 포샤가 말했다.

"그렇다면 안토니오 님이 보증을 해주세요. 다시는 그런 일이 없을 거라고."

포샤는 몸을 돌리더니 손가락에서 반지를 빼서 안토니오에게 건네며 말했다.

"이 반지를 저이에게 전해주세요. 그리고 요전처럼 주거나 잃어버리지 말고 잘 간수하라고 일러주세요."

안토니오는 반지를 받아 바사니오에게 주면서 말했다.

"자, 이 반지를 생명처럼 잘 간수하겠다고 맹세하게."

안토니오로부터 반지를 건네받은 바사니오는 깜짝 놀랐다.

"아니, 이 반지는! 이건 내가 박사님에게 준 바로 그 반지 아냐!"

그러자 포샤가 시치미를 떼고 말했다.

"그래요. 그 박사님에게서 받은 거예요. 반지에 걸고 말하지만 저는 그 박사님하고 잠자리를 같이 했어요."

순간 바사니오의 얼굴이 당혹감으로 새빨개졌다. 그러자 이번에는 네리사가 자신이 끼고 있던 반지를 보이며 말했다.

"그라티아노, 정말 미안해요. 저도 간밤에 박사의 서기라는 그 꼬마와 함께 잤어요. 그리고 답례로 이 반지를 받았어요."

그러자 그라티아노가 소리쳤다.

"아니, 이게 무슨 짓거리야! 벌써부터 딴 놈이랑 눈이 맞아 바람을 피우다니!"

그러자 포샤가 웃음을 띠고 말했다.

"그런 상스러운 말은 하지 말아요. 자, 이제 다들 진정하세요. 너무 놀라게 해서 죄송해요."

그러면서 그녀는 품에서 편지를 꺼냈다.

“자, 틈나면 이 편지를 읽어보세요. 파도바의 벨라리오 씨에게서 온 편지예요. 제 사촌 오빠세요. 편지를 보시면 사정을 다 알게 될 거예요. 이제 제가 사실을 말씀드리지요. 실은 그 젊은 법학 박사는 제가 변장한 거고, 서기는 네리사가 변장한 거였어요. 로렌초가 알고 있듯이 저는 당신을 뒤따라 출발했다가 당신보다 먼저 돌아온 거예요. 저는 아직 집에도 안 들어갔어요.

안토니오 님, 정말 잘 오셨어요. 그리고 당신께 좋은 선물을 드릴 수 있어서 다행이에요. 이 편지를 보세요. 안토니오 님 상선 세 척이 화물을 가득 실은 채 항구로 돌아오고 있다는 소식이에요. 제가 어떻게 이 편지를 손에 넣게 되었는지는 당장은 묻지 말아주세요. 좀 더 있다가 말씀드릴게요. 어쨌든 제가 그 편지 내용을 미리 보는 실례를 범했어요. 용서해주시겠지요?”

안토니오가 급히 편지를 받아 읽어보더니 얼굴이 환해졌다.

여전히 믿기지 않는 듯 놀란 목소리로 바사니오가 포샤에게 말했다.

"아니, 당신이 그 젊은 박사였다고? 그런데 내가 몰라봤단 말이오?"

그라티아노도 놀라기는 마찬가지였다.

"그 서기가 바로 당신이었다고?"

그러자 네리사가 재치 있게 대답했다.

"그래요. 그러니 그 서기가 그런 짓을 할까 봐 염려랑 하지 말아요. 그 서기가 나이가 먹어 남자가 돼버린다면 모를까."

바사니오는 얼굴이 환해지며 포샤에게 말했다.

"여보, 법학 박사 재판관님. 이제부터 나와 같이 잡시다. 그리고 내가 없을 때는 내 아내와 함께 잠을 자도 좋소."

"저를 남자로 생각하고 같이 자자는 건 아니겠지요? 참, 네리사. 로렌초에게도 좋은 소식을 전해줘야지."

네리사가 이마를 탁 치며 말했다.

"아 참, 내 정신 좀 봐."

그녀는 지니고 있던 증서를 로렌초와 제시카에게 건네며 말했다.

"자, 이걸 받으세요. 샤일록 씨가 작성한 문서예요. 그가 죽으면 유산 전부를 당신 부부에게 양도한다는 증서예요."

이윽고 포샤가 마무리했다.

"벌써 새벽이 다 되었네요. 여러분 모두 이번 일의 자초지종을 듣고 싶으시죠? 그럼 모두 안으로 들어가요. 찬찬히 다 설명해드릴 테니……."

그러자 그라티아노가 혼잣말로 중얼거렸다.

"난 네리사와 단둘이 있으면서 그녀에게 모든 걸 물어보고 싶은데……. 저 박사 서기와 한 시라도 빨리 잠자리에 들고 싶단 말이야. 하긴 두 시간만 있으면 날이 밝을 테니 하루쯤 미뤄도 될 거야. 두 시간만 함께 있다가 아쉬워서 어떻게 자리에서 일어나! 그래, 앞으로 평생 동안 별일은 없을 거야. 단지 네리사의 반지를 잘 간수할 수 있을지, 그게 걱정이란 말이야."

『셰익스피어 희극』을 찾아서

'드디어' 셰익스피어다. 왜 '드디어'인가?

'프랑스 문학 산책'이라는 대학교 1학년 수업 시간에 학생들에게 질문을 해보았다. "프랑스에 국한하지 않고 서양문학사에서 가장 유명하고 중요한 작가를 딱 한 명 꼽으라면 누구일까?" 학생들은 주저하지 않고 셰익스피어라는 이름을 들었다. 셰익스피어는 그만큼 유명하고 중요한 작가다. 왜 그렇게 유명하고 중요할까? 왜 나는 여러분에게 "드디어 셰익스피어다"라고 말한 걸까?

한마디로 말해 셰익스피어에서부터 문학이 확 달라지기 때문이다. 셰익스피어부터 문학이 오늘날 우리에게 익숙한 내용으로 바뀌기 때문이다. 그렇다면 셰익스피어 이전과 셰익스피어 이후는 어떻게 다를까?

우리는 이미 세르반테스의 『돈키호테』와 라블레의 『가르강튀아』를 읽었다. 라블레는 셰익스피어보다 반세기 정도 전 인물이고 세르반테스는 셰익스피어와 동시대인이다. 더욱이 셰익스피어는 세르반테스와 같은 날 죽었다. 기막힌 인연이다. 이 세 사람은 반세기 차이가 나긴 하지만, 그냥 동시대인이라고 해도 무방하다. 그들은 모두 르네상스라고 하는 커다란 격변기에 살았던 작가들이다. 『돈키호테』와 『가르강튀아』 작품 해설에도 이미 말했지만, 얼마나 큰 격변기였으면 '재탄생'을 의미하는 '르네상스'라는 용어를 썼을까? 그런데 셰익스피어와 세르반테스와 라블레는 그 격변기를 각기 다르게 맞이했다.

세르반테스의 주인공 '돈키호테'는 격변기를 살면서 잃어버린 것에 대한 향수와 꿈을 간직한 인물이다. 돈키호테는 사라져버린 중세의 기사도 정신을 열렬히 그리워했다. 반대로 라블레의 주인공 '가르강튀아'는 격변기를 맞이하여 모든 낡은 질곡을 타파하고 새 시대를 건설하는 꿈을 실현하려 했다. 가르강튀아가 새롭게 맞이한 세상은 바로 인간이 주인인 세상이다. '이제 새 세상이다, 새 세상의 주인은 인간이다, 인간에게 자유를 주어라, 그러면 이전과 다른 더 좋은 세상이 올 것이다!' 라블레는 가르강튀아라는 인물을 통해 우리에게 그렇게 외친다. 그 자유로운 인간은 온갖 과거의 속박에서 벗어난 인간이다. 무슨 자유? 알고 싶은 자유다. 그 자유로운 인간은 이 세상이 어떻게 돌아가는지 스스로 알고 싶은 호기심에 가득 차 있다. 하지만 라블레는 거기까지다. 라블레는 그 호기심을 구체적으로 발동시키지는 않았다.

셰익스피어는 그런 호기심을 구체적으로 발동시킨 작가라고 보면 된다. 셰익스피어는 '그렇다면 인간이란 도대체 어떤 존재인가?'라는 구체적 질문을 던졌다. 그 질문으로 작품을 만들었다. 바로 이 때문에 셰익스피어는 과거의 작가들과는 다른 새로운 작가가 되었다. 셰익스피어로부터 문학은 '인간이란 무엇인가?'라는 질문에 초점을 맞추게 된다. '저 높은' 하늘을 우러르며 신의 뜻을 살피던 눈, 인간의 운명을 신의 뜻으로 받아들이던 눈이 인간이 살고 있는 '이곳' '낮은 땅'을 향하게 된 것이다. 그리고 인간이라는 존재의 속을 들여다보기 시작한 것이다. 좀 점잖은 표현을 쓰면 셰익스피어로부터 문학은 '인간성 내면'을 탐구하기 시작한다.

셰익스피어 이전의 인간, 특히 중세의 인간은 신의 섭리를 운명으로 받아들이는 인간이다. 잘나고 못난 것도 다 신의 뜻이다. 이 땅에 정의를 실현한다는 기사도 정신도 하느님의 뜻을 받든 것일 뿐이다. 그러나 셰익스피어 이후의 인간은 운명을 그처럼 수동적으로 받아들이지 않는다. '왜 내게 이런 운명이 주어졌지?'라고 고민한다. '내가 어떻게 판단하고 행동해야 하지?'라고 고민한다.

셰익스피어 작품 속 인물들에게도 다 인간으로서의 운명이 주어진다. 하지만 그들은 주어진 운명을 그대로 따르지 않는다. 주어진 운명과 마주해서 스스로 질문을 던지고 판단을 한다. 그들에게는 운명은 주어지지만 답은 주어지지 않는다. 답은 오로지 자신의 몫이다. 자유가 주어졌다는 것은 스스로 해결해야 할 문제가 많아졌다는 뜻이기도 하다. 그러니 고민이 많아질 수밖에 없다. 번뇌와 고통이 커질 수밖에 없다. 대신 중요한 것을 얻는다. 인간의 삶에서 인간의 몫이 엄청 커진 것이다. 인간의 판단이 중요해진 것이다. 이제 인간 자신의 판단에 따라 삶이 완전히 달라질 수 있다. 나의 삶은 이미 결정되어 있는 것이 아니라 내가 어떻게 판단하고 행동하느냐에 따라 달라진다. 내 판단과 선택에 따라 행복하거나 즐거울 수도 있고 불행과 슬픔에 빠질 수도 있다.

셰익스피어 작품 속 인물들은 거의 모두 주어진 운명과 정면으로 마주하는 인물들이다. 여러분에게 묻자. 여러분은 운명을 믿는가? 내 삶이 어차피 운명적으로 정해진 것이라고 믿는가? 나는 그 운명을 따를 뿐이라고 믿는가? 대부분 아니라고 대답할 것이다. 내가 내 삶의 주인이라고 대답할 것이다. 하지만 말만 그럴 뿐이다. 속으로는 은연중 내 운명이 이미 정해져 있다고 믿는 사람이 더 많을지도 모른다. 사주팔자를 믿는 사람이 더 많을지도 모른다. 좀 더 정확히 말한다면 사주팔자에 기대고 싶은 사람이 더 많을지도 모른다. 그게 바로 인간이다. 주어진 운명을 믿느냐 안 믿느냐 판단하는 것도 인간의 몫이다. 셰익스피어 작품들에는 그런 인간들이 등장한다. 주어진 운명 속에서 고민하는 인간도 등장하고, 내게 운명이 미리 주어져 있는가 아닌가 고민하는 인간들도 등장한다. 인간이 지닌 약점인 탐욕, 질투 때문에 파멸에 이르는 인간도 등장한다. 인간의 삶이 다양한 만큼 셰익스피어의 작품도 다양하다. 그래서 그의 작품들 중에는 비극도 있고 희극도 있다.

하지만 셰익스피어 하면 우선 떠오르는 게 『로미오와 줄리엣』 같은 비극이다. 또 셰익스피어의 대표작으로 우리는 흔히 4대 비극인 『햄릿』 『오셀로』 『리어왕』 『맥베스』를 꼽는다. 왜 비극일까? 왜 셰익스피어는 스스로 자신의 삶을 개척해가는 당당한 인간보다는 비극적인 인물들을 우리에게 더 많이 보여주었을까? 인간이 간단한 존재가 아니기 때문이다. 온갖 오만, 탐욕, 질투가 속에 들끓고 있는 복잡한 존재가 인간이기 때문이다. 그런 오만, 탐욕, 질투 때문에 찢기는 존재가 인간이기 때문이다. 더 정확히 말하자. 우리의 삶에는 행복과 기쁨보다는 불행과 슬픔이 더 많기 때문이다.

셰익스피어가 문학사에서 가장 중요한 작가의 한 명으로 꼽히고 오늘날에도 많은 사람들에게 사랑을 받는 것은 바로 그 때문이다. 16세기의 작가인 셰익스피어가 보여주는 인간의 모습은 바로 지금 우리의 모습이고 언제나 변함없는 인간의 모습이기 때문이다. 여러분은 셰익스피어를 읽으며 셰익스피어 시대로 되돌아갈 필요가 없다. 그의 작품을 읽으며 지금 자신의 고민을 다시 발견하고 자기를 되돌아보면 된다. 거기서 위안을 얻고 자신을 더 깊이 들여다보는 기회로 삼으면 된다. 아니다. 그냥 그의 작품들을 읽으며 안타까워하고, 분노하고, 공감하면 된다. 위안을 얻고 즐거워해도 된다. 장담하지만 그것만으로도 여러분은 여러분 삶의 주인이 되는 길에 조금 더 가까이 갈 수 있다.

셰익스피어는 1564년 잉글랜드 중부의 스트랫퍼드어폰에이번에서 출생했다. 아버지 존 셰익스피어는 비교적 부유한 상인이어서 그는 풍족한 소년 시절을 보낸다. 그러나 1577년경부터 가운이 기울어 학업을 중단하고 집안일을 도울 수밖에 없었다. 학업을 중단한 그는 1580년대 후반에 런던으로 간다. 당시 영국은 엘리자베스 1세 여왕 치하에서 국운이 융성하던 때였다. 게다가 르네상스 전성기였으므로 런던은 문화가 꽃을 피웠고 그중 연극이 중심을 차지하고 있었다. 런던으로 간 셰익스피어는 극작가로 활동하기 시작한다. 그는 1590년대 중반 궁내부 장관 산하 극단의 단원으로서 작품을 쓰는 전속 작가가 된다. 그 극단에서 조연급 배우로도 활동했으나 극작에 더 주력했다. 셰익스피어는 작가 생활을 하는 동안 모두

37편의 작품을 발표했다. 초기에는 영국사를 중심으로 한 역사극과 낭만적 희극을 주로 썼으며 이후 그에게 큰 명성을 가져다준 비극들을 주로 썼다. 그는 평생을 연극인으로 충실하게 보냈고 자신이 속한 극단을 위해서도 전력을 다했다. 그는 1616년 4월 23일 52세의 나이로 고향에서 사망했다.

셰익스피어의 희곡들은 지금까지도 세계에서 가장 많이 무대에 오르는 '세계의 고전들'이다. 또한 여러 작품들이 영화로 제작되어 사람들의 사랑을 받았고 지금도 받고 있다. 우리는 그의 수많은 작품들 중에서 『한여름 밤의 꿈』 『템페스트』 『베니스의 상인』 희극 세 편, 『햄릿』 『오셀로』 『맥베스』 『리어 왕』 비극 네 편을 차례로 만나본다. 『한여름 밤의 꿈』은 『로미오와 줄리엣』과 함께 그의 비교적 초기작으로 낭만적 희극에 속하는 작품이다. 반대로 『템페스트』는 셰익스피어의 마지막 작품으로 알려져 있어 노년기에 이른 대작가의 인생관이 함축된 수작이다. 『베니스의 상인』은 샤일록이라는 이름이 구두쇠의 대명사로 일컬어질 만큼 유명한 작품이다. 『햄릿』 『오셀로』 『맥베스』 『리어 왕』은 그의 4대 비극에 속하는 작품들로 셰익스피어의 이름을 오늘까지 빛나게 해주는 대표작들이다.

셰익스피어 작품들은 모두 희곡이다. 즉 연극 무대에 올리는 것을 목표로 한 작품들이다. 무대를 머리에 떠올리면서 그의 희곡을 읽으면 충분히 재미가 있다. 하지만 그의 작품들은 특별히 무대를 상정하지 않고 그냥 읽는 것만으로도 재미난다. 여기서는 원래 대사로 이루어진 희곡 형식 작품들을 소설과 같은 형식의 이야기로 재탄생시켰다. 그러니 희곡으로서 지닌 재미는 연극을 직접 보면서 느끼기로 하고, 하나의 이야기로서 그의 작품들을 새롭게 맛보기로 하자.

'사랑을 하면 눈이 멀게 된다'고들 한다. 사랑을 하면 상대편 장점만 보인다. 상대방이 세상에서 제일 예쁘거나 제일 멋진 사람이 된다. 사랑이 지닌 최고의 장점이자 사랑이 발휘하는 최고의 마법이다. 그 순간 더없이 행복해진다. 하지만 사랑에는 치명적인 약점이 있다. 오래가지 못한다는 것이다. 사랑이 식으면 사랑에 빠졌던 그 순간이 덧없는 꿈처럼 여겨진다. '내가 왜 저 사람을 그토록 사랑했지?' 하고 스스로도 의아하게 여기게 된다. 한 걸음 더 나가, '도대체 내가 저 사람을 사랑했던 적이 있던가?'라고 묻게도 된다.

사랑은 이토록 이중적이다. 세상 모든 것을 다 잊고 그것에 몰입하게 만들기도 하고, 금세 그것을 덧없는 것으로 여기게도 한다. 세상에서 우리가 맛보는 행복의 속성이 대개 그렇다. 하지만 그 와중에도 한결같은 것이 있다. 그 사랑이 오래갔으면 하는 바람, 좋은 사람끼리 맺어져서 영원히 함께 그 사랑을 지니고 살아갔으면 하는 바람. 누구나 가지고 있는 바람이다.

『한여름 밤의 꿈』은 이 모든 것을 담은 작품이다. 사람을 눈멀게 하는 흥미진진한 사랑 이야기가 나오고, 사랑의 변덕과 덧없음도 나온다. 여기에 중요한 것이 또 하나 나온다. 바로 사랑의 진정성이다. 우리는 가끔 진정한 사랑에 대해 꿈꾼다. 진정한 사랑을 찾았다고 느끼는 순간 '내가 왜 이 진짜 사랑하는 사람을 두고 다른 데 눈을 팔았지?'라고 스스로 의아해하기도 한다. 사랑을 하면 눈이 멀기도 하지만 눈이 멀어 진정한 사랑을 보지 못할 때도 있다. 사랑은 이처럼 이중적이고 복잡하다. 『한여름 밤의 꿈』에서 꿈 또한 그렇게 이중적이고 복잡하다. 그럼에도 이 작품의 결론은 해피엔딩이다. 요정까지 포함해서 사랑하는 네 쌍이 행복하게 자신의 사랑을 이루는 이야기다. 설사 이 이야기가 한여름 밤에 꾼 한바탕 꿈에 지나지 않을지언정, 우리는 그 꿈에 함께 젖어들어 마음껏 행복을 맛보아도 괜찮다. 우리 역시 사랑에 눈멀어 세상을 다 가진 듯 기뻐하고, 그러다가 변덕을 부리며 아파하고 덧없어하고, 그런 후에 또다시 사랑을 찾아 헤매는 인간, 늘 진정한 사랑을 꿈꾸는 인간이니까 말이다.

참고로 이 작품에서 테세우스 왕과 결혼하는 히폴리테는 아마존의 여왕이다. 그런데 이때 아마존은 남아메리카에 실제로 존재하는 그 아마존이 아니다. 그리스 북쪽에 있다고 여겨진 그리스신화 속 여인들의 왕국이다.

『템페스트』도 『한여름 밤의 꿈』처럼 한바탕 꿈 같은 작품이라고 할 수 있다. 그런데 그 꿈이 『한여름 밤의 꿈』처럼 간단하지 않다. 셰익스피어가 노년에 쓴 작품인 만큼 원숙하고 원숙한 만큼 많은 것을 속에 품고 있다.

우선 사랑이 있다. 하지만 『템페스트』의 사랑은 『한여름 밤의 꿈』처럼 자연스러운 사랑이 아니다. 그것은 원수의 자식들 간의 사랑이다. 그렇다고 유명한 『로미오와 줄리엣』처럼 비극으로 끝나지는 않는다. 피해자인 프로스페로가 적극 나서서 자신의 딸을 원수의 아들과 맺어지게 만드니 비극이 될 수 없다. 그렇다고 단순한 해피엔딩도 아니다. 프로스페로는 둘의 결합을 축하해주는 요정들의 한바탕 공연이 끝나자 사위 페르디난드에게 너무 좋아하지 말라고, 그건 모두 한바탕 환상, 꿈일 수도 있다고 말해준다. 뭔가 달라져도 아주 크게 달라졌다.

다음으로 복수가 있다. 프로스페로가 원수들이 탄 배를 난파시켜 표류시킨 것은 분명 복수심의 발로다. 이 복수 이야기만으로도 충분히 하나의 작품을 쓸 수 있었을 것이다. 그런데 묘하다. 원수를 철저하게 파멸로 이끄는 복수가 아니라 오히려 눈이 흐려져 악행을 저지른 원수들에게 분별력을 갖게 만드는 복수다. 자기 잘못을 반성하게 한 다음 껴안는 복수다. 세상에, 이것도 복수라고 할 수 있을까? 아니다. 이건 분명 복수의 탈을 쓴 용서고 화해다. 무조건 화해하는 것이 아니라 상대방이 자기 잘못을 뉘우치고 후회하게 만든 다음에 용서하고 화해한다.

이러한 사랑과 복수를 가능하게 한 것은 무엇일까? 바로 프로스페로의 마법이다. 마법의 힘으로 그는 그 모든 것을 뜻대로 이룬다. 이 마법은 여러분이나 나나 가끔 꿈꾸는 초인적

능력 바로 그것이다. 우리는 살면서 누구나 슈퍼맨을 꿈꿔보기 마련이다. 프로스페로는 바로 그 꿈을 실현한 인물이다. 그는 마법의 힘으로 슈퍼맨이 된다. 그는 마법의 힘으로 자신이 원하는 것이면 다 할 수 있게 된다.

그런데 그 마법의 힘으로 할 수 없는 게 딱 하나 있다. 마법의 힘을 어디에 사용할 것인가 하는 정말 힘든 결정은 그 마법을 지닌 사람 자신이 해야 한다. 프로스페로는 자신의 마법을 철저한 복수를 행하는 데 사용할 수도 있었고, 작품에서처럼 용서와 화해를 이끌어내는 데 사용할 수도 있다. 스스로 어떤 결정을 하느냐에 따라 마법의 힘을 지닌 사람은 천사가 될 수도 있고 악마가 될 수도 있다.

그런데 천사가 될 수도 있고 악마가 될 수도 있다니! 세상에 이보다 더한 마법이 어디 있을까! 그 최고의 마법, 마법이라기보다 '도술'은 과연 누가 부리는가? 바로 사람의 마음이 부린다. 이 도술에 비하면 프로스페로가 연마해서 지니게 된 마법은 한 수 아래다. 프로스페로가 남들을 용서할 수 있게 된 건 바로 그 마음이 부리는 최고의 도술 때문이다.

그런데 마음이라는 것은 프로스페로에게만 있을까? 아니

다. 마음은 누구에게나 있다. 이는 달리 말하면 누구에게나 최고의 도술을 부릴 능력이 있다는 뜻이다. 프로스페로가 마법을 버리고 사람들 사이로 간 것은 인간에게 마법보다 더 큰 도술이 있음을 알았기 때문이다. 평범한 우리 인간 모두에게 말이다!

여러분은 누구나 남과 자신을 바꿀 수 있는 최고의 도술을 지니고 있다. 그 도술을 좋은 방향으로 이끌 능력도 지니고 있다. 그 도술을 한번 발휘해보며 사는 것도 멋진 일이 아닐까?

『베니스의 상인』은 『로미오와 줄리엣』과 함께 대중적으로 가장 사랑받는 작품이다. 이 작품을 직접 읽어보지 않은 사람들도 '살 1파운드를 떼어내되 피는 한 방울도 흘리지 말 것, 머리털 한 가닥만큼의 무게도 틀리지 않게 정확하게 떼어낼 것'이라는 명판결은 기억하고 있을 것이다. 이와 함께 유대인 고리대금업자인 샤일록을 악당의 대명사로, 그 반대편 인물들을 선한 사람으로 기억하고 있을 것이다.

그러나 작품을 찬찬히 읽어보면 그렇게 간단하지 않다. 『베니스의 상인』은 선악 대결에서 선의 승리를 그린 단순한 권

선징악의 작품이 아니다. 우선 샤일록과 대립되는 인물인 바사니오를 보자. 바사니오는 귀족 출신이면서 낭비벽이 심한 사람이다. 단테의 『신곡』을 보면 낭비도 탐욕의 죄에 해당된다. 그들은 모두 제4지옥에서 무거운 짐을 진 채 서로 반대 방향으로 끊임없이 돌고 있다. 그러다 마주치게 되면 서로에게 "왜, 벌기만 하는 거냐?" "왜 쓰기만 하는 거냐?"라고 비난한 후 다시 등을 돌리고 걷기를 계속한다. 그러니까 『신곡』에 따르면 바사니오나 샤일록이나 모두 죄인이다. 둘 다 죄인이니 이 둘 사이에 선악의 대립은 성립할 수 없다.

그렇다면 『베니스의 상인』은 응징의 드라마일까? 그렇지도 않다. 바사니오는 포샤와 행복하게 살게 되며, 샤일록조차 재산은 하나도 잃지 않고 죄 또한 모두 용서받는다. 그가 재물을 잃은 것처럼 보이지만 실은 자신의 딸과 사위에게 돌아갔을 뿐이다.

그렇다. 『베니스의 상인』은 화해와 용서의 드라마다. 그리고 그 중심에 있는 인물이 바로 안토니오다. 그는 숭고한 인물이다. 친구와의 우정을 위해 기꺼이 목숨을 내놓고 자신의 목숨을 노리던 샤일록을 향해 자비를 베풀기도 한다. 따라서 이 작품의 주제는 악에 대한 응징이나 선의 승리가 아니라 자비의 승리다.

하지만 그 자비는 결코 드라마틱하지 않다. 겉으로 화려하게 드러나지도 않는다. 그래서 안토니오는 화려하지 않고 독자들의 뇌리에 오래 기억되지도 않는다. 그러나 자비는 이 세상 모든 일에 영향을 미치고 모든 것을 아우른다. 그런 점에서 여러분이 이 작품을 안토니오를 중심으로 다시 읽어보기를 권한다. 그래야 포샤의 재치 있는 명판결이 더욱 빛난다.

사족으로 한마디 더 하자. 안토니오가 샤일록을 기독교도로 개종하게 만든 것, 그것은 일종의 독단일 수 있다. 이 작품을 그렇게 종교 맥락에서 읽으면서 약간은 비판적으로 볼 수도 있다. 하지만 우리는 꼭 그렇게 읽지는 말도록 하자. 그저 샤일록이라는 원한에 찼던 한 인물을 바른 길로 이끌기 위한, 그 원한에서 벗어나게 만들기 위한 장치 정도로만 여기도록 하자. 그래야 안토니오가 더 빛이 난다. 안토니오는 샤일록을 기독교도로 개종하겠다는 사명감에서 그렇게 한 것이 아니라, 옳은 길로 인도하겠다는 자비심에서 그렇게 한 것이다. 과연 기독교만이 절대적으로 옳은 것이냐 아니냐는 그것과는 또 다른 문제다.

『셰익스피어 희극』 바칼로레아

1 사랑을 하면 눈이 먼다고 한다. 이것은 사랑을 하면 상대방의 진짜 모습을 보지 못한다는 뜻일까? 아니면 상대방에게 푹 빠져 이성을 잃을 정도라야 진짜 사랑을 하게 된다는 뜻일까?

2 우리는 누구나 초능력을 꿈꾼다. 마법사가 되어 세상을 마음대로 바꿀 수 있다면 얼마나 좋겠는가? 그런데 『템페스트』의 주인공 프로스페로는 어렵사리 획득한 마법을 결국 버린다. 그는 왜 자신을 엄청난 초인으로 만들어주는 마법을 버렸을까?

3 『베니스의 상인』에서 바사니오는 귀족 출신이면서 가난하다. 반면 샤일록은 고리대금업이라는 천한 직업을 가졌지만 부자다. 한쪽은 신분에서 우위에 있고, 다른 한쪽은 재산에서 우위에 있다. 여러분이 실제로 이 두 사람 중 한쪽이 된다고 가정하면, 여러분은 어느 쪽을 택하겠는가? 귀족이라는 신분이 더 끌리는가, 아니면 부자로서 누리는 물질적 풍요가 더 끌리는가?

셰익스피어 희극

생각하는 힘: 진형준 교수의 세계문학컬렉션 10

펴낸날 초판 1쇄 2017년 9월 1일
초판 2쇄 2017년 11월 24일

지은이 윌리엄 셰익스피어
옮긴이 진형준
펴낸이 심만수
펴낸곳 (주)살림출판사
출판등록 1989년 11월 1일 제9-210호

주소 경기도 파주시 광인사길 30
전화 031-955-1350 팩스 031-624-1356
홈페이지 http://www.sallimbooks.com
이메일 book@sallimbooks.com

ISBN 978-89-522-3748-4 04800
978-89-522-3718-7 04800 (세트)

※ 값은 뒤표지에 있습니다.
※ 잘못 만들어진 책은 구입하신 서점에서 바꾸어 드립니다.

이 도서의 국립중앙도서관 출판시도서목록(CIP)은 서지정보유통지원시스템 홈페이지(http://seoji.nl.go.kr)와 국가자료공동목록시스템(http://www.nl.go.kr/kolisnet)에서 이용하실 수 있습니다.(CIP제어번호: CIP2017019458)

책임편집·교정교열 성한경